AF210760

Ava Willis

Just Twice
Nur zweimal im Leben

AVA WILLIS

Just Twice

Nur zweimal im Leben

Bibliografische Information der Deutschen Nationalbibliothek:
Die Deutsche Nationalbibliothek verzeichnet diese Publikation in
der Deutschen Nationalbibliografie; detaillierte bibliografische
Daten sind im Internet über http://dnb.dnb.de abrufbar.

Impressum

Just Twice - Nur zweimal im Leben
1. Auflage August 2016

© 2016 Ava Willis – alle Rechte vorbehalten.
c/o Papyrus Autoren-Club
Pettenkoferstr. 16-18
10247 Berlin
www.avawillis.com

Covergestaltung & Layout: NaWillArt-CoverDesign
Motive: © Chisnikov- stock.adobe.com und depositphotos.com -
Tetiana_Syrytsyna
Lektorat: Ruth Rademacher, www.rr-text.de

Herstellung und Verlag: BoD – Books on Demand, Norderstedt
ISBN: 978-3-8370-8169-5

Inhaltsverzeichnis

Dare to dream

Prolog

*P*iep. Piep. Piep. Dieses nervtötende Geräusch dröhnte in seinen Ohren. Piep. Piep. Piep. Er versuchte, die Augen zu öffnen, aber nur das linke gehorchte seinem Befehl und ließ ihn durch einen winzigen Spalt blinzeln.

Alles um ihn herum war eine verschwommene Mischung aus grau-weißen Tönen. Die unscharfen Umrisse verwandelten sich erst nach mehrfachen Versuchen in einen Raum, in dem er sich befand. Ein schaler Geschmack in seinem Mund belegte seine Zunge, während ihm der Geruch von Desinfektionsmitteln in die Nase stieg und ein flaues Gefühl in seinem Magen verursachte.

Piep. Piep. Wo kam dieses Geräusch her und warum zum Henker fühlte er sich, als sei sein Kopf in Watte gepackt? Krampfhaft probierte er, sich daran zu erinnern, was passiert war, aber da war nichts außer einer beängstigend großen Leere in seinem Schädel.

Keinen einzigen Gedanken konnte er greifen. Ein verworrenes Durcheinander aus Empfindungen, Erinnerungsfetzen und namenlosen Gesichtern hetzte durch seinen Verstand und ließ ihn gequält aufstöhnen.

Schließlich horchte er tief in sich hinein, um eine physische Bestandsaufnahme seines Körpers durchzuführen. An mehreren Stellen schmerzte es gleichzeitig, ohne dass er genau sagen konnte, welches Leid überwog. Andere Körperteile ließen sich nur bedingt steuern und ein unbändiger Druck auf seine Blase drängte ihn mechanisch dazu, sich aufzurichten.

Ein Alarm ging los und er sackte auf halber Strecke kraftlos zurück in die Kissen. *Fuck!*

Das stetige Piepen von vorhin hatte sich in einen orkanartigen Dauerton gewandelt und folterte seinen Kopf mit penetranter Beschallung. Ein unfassbarer Stich, der seine Schädeldecke zu sprengen drohte, ließ ihn aufschreien. Von irgendwoher gesellte sich weiterer Lärm hinzu. Eine Tür wurde aufgerissen. Durch den kleinen Spalt seines linken Auges bemerkte er, wie jemand mit schnellen Schritten auf ihn zukam.

Instinktiv versuchte er, seinen Kopf zu schützen, bevor eine unbekannte Frauenstimme besänftigend auf ihn einredete.

»Ganz ruhig. Sie dürfen sich nicht bewegen, Mr. Addison. Sie hatten einen Unfall und sind im Krankenhaus. Können Sie sich daran erinnern?«

Unfall? Krankenhaus?

Er stöhnte gequält auf, als abermals alle Gedanken gleichzeitig darauf drängten, seinen Verstand zu erreichen. Als gäbe es einen beschissenen Preis für den Sieger in seinem Erinnerungssalat. *Verflucht.*

Ein schwarzes Loch prangte in seinem Gedächtnis, das er, so sehr er es auch wollte, nicht mit Erinnerungen füllen konnte. Er wusste nichts von einem Unfall und auch nicht, wie er in dieses Krankenhaus gekommen war. Statt einer Antwort brachte er lediglich ein Röcheln zustande, das nicht annähernd nach menschlicher Kommunikation klang. Panik machte sich in ihm breit und das Piepsen, das seine Vitalfunktionen überwachte, wie er nun wusste, legte erneut an Tempo zu. Die Krankenschwester redete weiter beruhigend auf ihn ein. Sie versicherte ihm, er müsse sich keine Sorgen machen und versprach, einen Arzt zu holen.

Als sie den Raum verließ, schloss er erschöpft die Lider. Beim tiefen Durchatmen brannte es höllisch in seinen Lungen. Mit einem Mal sah er ein Gesicht vor sich. Zunächst konnte er es nur erahnen, dann wurde es immer deutlicher. Zart-weiße Haut umrahmt von blonden, langen Haaren, blau leuchtende Augen und eine Handvoll Sommersprossen auf der zierlichen Nase.

Isabelle.

Sein rasendes Herz verlangsamte das Tempo und Ruhe kehrte in seinen malträtierten Körper ein. Isabelle. Sie würde alles aufklären können. Während er sich auf dieses vertraute Gesicht vor seinem geistigen Auge konzentrierte, schlich sich ein anderer Name in sein Bewusstsein. *Aiden.*

Sein Herz stolperte wild und pochte dann schwer in seiner Brust. Wieder war die Frequenz des Piepens deutlich angestiegen und er zwang sich selbst, Ruhe zu bewahren. So sehr er sich auch anstrengte, fand er kein Gesicht zu diesem Namen und auch sonst keine zusätzlichen Anhaltspunkte. Nur einen Haufen Empfindungen, die alle auf einmal auf ihn einstürzten und seinen Kopf zum Explodieren brachten.

Das musste aufhören. Also gebot er sich, erneut an Isabelle zu denken und fokussierte sich auf das, was er wusste, statt zu versuchen, all das zu erklären, was er offensichtlich vergessen hatte.

Monatsmänner und andere Katastrophen

*G*ib mir sofort mein *Filly* zurück!«
»   Ein Kinderschrei riss Samantha aus ihrer Konzentration.

»Flieg Pferdchen, flieg.«
Rebecca wirbelte das Plastik-Pony ihrer Schwester durch die Luft und versuchte sich an einem wiehernden Geräusch. »Flieg.«

»Es kann nicht fliegen!«
Libby war ihr schimpfend gefolgt und kämpfte bereits gegen die ersten Tränchen an. Zeit das Drama zu beenden.

»Rebecca, hör bitte auf, deine Schwester zu ärgern.«
Die Dreijährige sauste in den Flur und zog das Spielzeugpferd an seinem lilafarbenen Schweif hinter sich her.

»Libby hat angefangen.«

»Hab ich nicht.«

»Hast du doch.«
Mittlerweile drehten sich die Streithähne im Kreis, so dass Samantha schon vom Zuschauen schwindelig wurde. Sie erhob sich von ihrem Beobachtungsposten und lehnte sich an den Türrahmen.

»Rebecca schmeißt mein *Filly* in die Luft«, beschwerte sich Libby über das Offensichtliche und versuchte immer wieder ihrer Schwester das Objekt der Begierde abzugreifen.

»Aber es hat Flügel und kann fliegen.« Mit einem weiteren »Hui« katapultierte sie demonstrativ das pinke Plastikteil in die Höhe.

»Kann es nicht! Es ist noch ein *Baby-Filly*.«
Jetzt hatte Rebecca es geschafft und die ersten Tränchen flossen. Libby schnaubte verzweifelt und ihre Mutter musste sich angestrengt ein Schmunzeln verkneifen. Der ganz normale Wahnsinn eben.
Mit einem beherzten Griff fing sie das fliegende Pony ab und drückte es ihrer schniefenden Tochter in die Hand. Libby presste es sich an die bebende Brust, nachdem sie es auf mögliche Verletzungen untersucht hatte.

»Ich wollte dein blödes *Filly* sowieso nicht haben.«
Mit einem Tritt gegen einen Ball, der sich ihr in die Quere gestellt hatte, verließ Rebecca grollend den Raum.
Ruhe. Welch eine himmlische Ruhe.
Samantha überlegte gerade, ob sie es nochmal wagen sollte sich an ihre Arbeit zu setzen, als sie Geräusche vor der Tür hörte.

»Sag mal, willst du mich eigentlich verarschen? Ernsthaft? Du verstehst nicht, wo das scheiß Problem ist?«

Die Haustür fiel laut krachend ins Schloss. Ein ganzer Schwall kühler Luft gepaart mit derben Flüchen erfüllte den Flur. Samantha trabte alarmiert ihrer telefonierenden Mitbewohnerin entgegen.

»Isa!«

Laut räuspernd machte sie auf sich aufmerksam. Ihre Töchter waren sensationslüstern ebenfalls herbeigestürmt. Kurzerhand presste Samantha ihre Köpfe rechts und links an die Außenseiten ihrer Schenkel. So hielt sie jeweils ein Ohr mit ihren Händen zu und drückte das andere Kinderohr gegen ihre Beine.

Ihre Freundin verdrehte trotzig die Augen und verließ, nun leiser fluchend, den Vorraum.

»Warum ist Isa denn so wütend?«, wollte Libby wissen, während Rebecca immerzu Isabelles »Scheiße, scheiße, scheiße« nachahmte.

»Ich weiß es nicht, Schatz, vielleicht hat Isa sich mit einem Freund gestritten, das kennt ihr ja auch, nicht wahr?«

Libby schaute sie aus großen Augen an und nickte eifrig, was ihre dunklen Locken zum Schwingen brachte.

»Seid so lieb und spielt ein bisschen in eurem Zimmer, ja?«

Echte Begeisterung sah anders aus, aber manchmal konnten sie tatsächlich hören und huschten ohne weitere Widerworte davon.

An ihre Schreiberei war vorerst nicht zu denken, also beschloss sie, sich einen Kaffee zu machen, bevor sie ihre Freundin interviewte.

Wutschnaubend betrat Isabelle im nächsten Moment die Küche.

»Dieser Sch-«

»Schsch! Untersteh dich«, herrschte Samantha sie an und lugte vorsichtig um die Ecke. Die Luft schien rein zu sein.

»Schon gut.«

Isabelle hob kapitulierend die Hände und ließ sich auf einen der Stühle plumpsen, die um die Küchen-insel herum aufgereiht standen. Sie schien langsam abzukühlen, obwohl ihr feuerrotes Gesicht immer noch kurz vor der Detonation stand. Mehr Rot ging nicht.

Ihre blonde Mähne, die sie neuerdings nur noch schulterlang trug, erweckte den Anschein, als würde sie leuchten. Die Augen abwechselnd fas-sungslos geweitet und wütend zusammengekniffen, diskutierte Isa wieder einmal mit sich selbst.

»Der hat echt Nerven, sag ich dir. Das ist unfassbar!«

Folgen konnte Samantha dem Gespräch noch nicht wirklich, aber das würde sich sicher gleich geben.

»Alex?«, tastete sie sich fragend heran, während sie sich eine Fruchtschorle zubereitete. Kaffee wür-de sie doch nur wieder die halbe Nacht wach halten.

»Alex?«

Für einen Moment wirkte Isabelle tatsächlich so, als müsse sie überlegen. Dann fiel augenscheinlich der Groschen.

»Nein, Alex war im September. Ich hatte dir doch von Lars erzählt, dem Dänen aus meinem Fitnessstudio.«

Wortlos bot Samantha ihr ebenfalls ein Glas an.

»Er hat mir gerade freudestrahlend mitgeteilt, dass er mit mir Silvester in Dänemark verbringen möchte.«

Samantha schwieg und blickte ihre Freundin erwartungsvoll an.

»Wir haben Mitte November, Sammy.«

Als würde das alles erklären, folgte keine nähere Erläuterung des Problems. Auch nach gefühlten zehn Minuten kam nichts mehr. Isabelle hatte ihre Fruchtschorle auf ex ausgetrunken. Der erwartete Zischlaut, der das gelöschte Feuer in ihr bezeugte, blieb aus.

»Und?«, fragte sie schließlich ungeduldig.

»Er weiß ganz genau, dass wir Ende des Monats wieder getrennte Wege gehen. Warum also muss er es jetzt schon kompliziert machen? Die Regeln waren doch von Anfang an klar definiert.«

Isa war erneut auf dem besten Wege, sich in Rage zu reden. Daher machte Samantha sie nicht darauf aufmerksam, dass sie ihre selbstauferlegten Regeln absolut bescheuert fand.

Sie stellte ein frisch aufgefülltes Glas Fruchtschorle vor Isa ab und nippte an ihrem eigenen, bevor sie weitersprach.

»Süße, ich mache mir langsam ein wenig Sorgen um dich.«

Samantha suchte den Blickkontakt und konnte im ersten Moment Verwunderung in den Augen ihrer Freundin lesen.

»Wieso Sorgen? Bei mir ist alles in Ordnung.«

Genau das konnte sie ihr einfach nicht mehr glauben.

»Ich weiß nicht, aber seit Joshs Unfall bist du noch öfter im Fitnessstudio.«

»Ich *arbeite* mittlerweile dort«, kam es abwehrend von ihrem Gegenüber.

»Das ist es nicht, Isa, aber ...«

Samantha wusste wieder einmal nicht genau, wie sie das Thema ansprechen sollte. Sie war sich sicher, dass Isabelle es am liebsten totschweigen und ins Koma ignorieren würde, aber sie ahnte auch, dass ihr obsessives Verhalten und die krassen Veränderungen etwas mit den Geschehnissen der letzten Monate zu tun haben mussten.

»Aber was?«

Isabelle verschränkte die Arme abwehrend vor der Brust.

»Ich weiß nicht. Die Typen, der übermäßige Sport. Bist du sicher, dass das der richtige Weg ist?«

Samantha sah sich schon auf verlorenem Posten, denn es blitzte kämpferisch in Isas Augen.

»Ich brauche das, okay? Es ... es ist wie eine Ersatzsucht für mich.«

»Ersatzsucht?«

»Ich habe das Gefühl, direkt von Antipickel- auf Antifalten-Creme umgestiegen zu sein, mir fehlt etwas dazwischen. Josh war mein Leben, Sammy. Und jetzt ...«

Ein verzweifelter Gesichtsausdruck verhärtete ihre Miene. Sie gestikulierte wild mit den Händen und setzte sich schließlich seufzend wieder hin.

Samantha besann sich auf die Baustellen in ihrem eigenen Leben. Im Vergleich zu Isabelle fand ihr Sexleben komplett ohne männliche Beteiligung statt. Ihren kleinen Freudenspender im Nachtschränkchen konnte man wohl nicht mitzählen. Wer war sie, dass sie sich als Beziehungsexpertin aufspielte?

»Was ist nun mit Lars? Was hast du jetzt vor?«

»War ich gerade nicht eindeutig genug?« Ein schelmisches Lächeln umspielte ihre Lippen. »Es hat sich ausgelarst.«

Schwanzwedelnd buhlte Russel um Isabelles Aufmerksamkeit und das Gespräch war beendet.

»Ich gehe noch schnell mit ihm Gassi, bevor ich zu Josh in den Laden fahre, magst du vielleicht mitkommen?«

Isabelle tätschelte ihrem Jack Russel liebevoll die helle Schnauze und schaute Samantha fragend an.

17

»Klar, ein bisschen frische Luft tut uns allen bestimmt gut.«

Während sie auf Samantha wartete, streichelte Isabelle gedankenverloren das borstige Fell ihres kleinen Babys. Sie liebte dieses Tier abgöttisch und den Hundeblick hatte definitiv kein Mann so gut drauf wie ihr kleines Original.

Russel war der außergewöhnlichste Hund, den sie kannte. Nicht nur, dass er im Gegensatz zu den anderen Vertretern seiner Rasse mehr braun und nur einen winzigen Fleck weiß war, er konnte auch den ganzen Tag schlafen. Isabelle hatte immer wieder das Gefühl, dass er jedes Wort verstehen konnte. Seine dunklen Augen funkelten in freudiger Erwartung und er wedelte so heftig mit dem Schwanz, dass über die Hälfte seines Körpers in Schwingungen geriet.

»Gehen wir noch schnell rüber zu Mrs. Jenkins?«, rief Samantha die Treppe herunter.

»Hat sie sich gemeldet?«

»Nein. Aber ich habe sie den ganzen Tag noch nicht gesehen. Gestern auch nicht. Jill und Jen werden es uns danken.«

Isabelle nickte zustimmend. Mrs. Jenkins war ihre Nachbarin, die schräg gegenüber in einem kleinen Haus wohnte. Erst war es Samantha und Isabelle kaum aufgefallen, dass sie ihre Pudeldamen immer seltener vor die Tür begleitete. Bis sie der alten Dame bei einer Tasse Tee ein paar traurige Informationen entlockt haben. Mrs. Jenkins nannte es ihre schlechten Tage und litt an einer Angst- und Panikstörung.

Seit ein paar Tagen gab es zumindest eine Art Haushälterin, die nach dem Rechten sah.

Als sie an dem kleinen Haus ankamen, öffnete besagte Haushälterin die Tür und begrüßte sie freundlich. Die Hunde freuten sich über den Spaziergang und liefen mit Russel um die Wette.

Es war schön, sie und die Kinder so ausgelassen zu erleben, und auch Isabelle fühlte sich dadurch gleich ein bisschen leichter ums Herz. Sie sog die frische Luft durch ihre bebenden Nasenflügel und verbot sich selbst jeden Gedanken an ihre Vergangenheit oder auch an die Zukunft. Wichtig war das Hier und Jetzt. Isabelle wusste nur allzu gut, dass man nicht alles im Leben kontrollieren konnte. Manchmal verfolgte das Schicksal seinen ganz eigenen Plan.

Und dann kam Damien

*R*ums. Isabelle prallte gegen etwas Hartes und durchaus gut Riechendes. Sie stützte sich mit den Händen an einer männlichen Brust ab und legte ihren Kopf in den Nacken, um zu erforschen, mit wem sie da gerade zusammengestoßen war.

»Nicht so stürmisch, Prinzessin!«

Ein paar Lachfältchen umrahmten das schönste Paar grüner Augen, das sie je gesehen hatte. Verstrubbelte, blonde Haare in einem stylischen Out-of-bed-Look und ein herausforderndes Lächeln luden sie ein, noch etwas genauer hinzusehen.

Der war ... WOW ... Ihr fehlten tatsächlich die Worte. Dabei lief sie in ihrem Job tagtäglich gut aussehenden Männern über den Weg, oder zumindest vielen, die sich für unwiderstehlich hielten. Ihr Gegenüber war nicht übermäßig trainiert, wie die Möchtegern-Schwarzenegger, die sich nebenan in dem Trainingsraum befanden. Eigentlich hatte er genau das richtige Maß. Isabelles Blick glitt von seinem lockeren Sacko, das er über einem rosafarbenen Poloshirt trug, hinunter zu seinen schier endlos langen Beinen, die in verwaschenen Bluejeans steckten. Im Studio lief sie verständlicherweise in Turnschuhen herum und war so trotz ihrer Größe von 1,73 m bestimmt zwanzig Zentimeter kleiner als das Prachtexemplar von Mann, das da gerade vor ihr stand. Und wie er roch. Verstohlen schnupperte sie erneut an ihm und versuchte, die Parfümmarke zu erraten.

Ihr fiel erst auf, dass er sie immer noch am Ellenbogen festhielt und sie mit den Händen auf seinem Körper nach wie vor keinen Ton von sich gegeben hatte, als es genau an den Stellen anfing warm, zu kribbeln.

Aus dem Nichts drang sein kehliges Lachen zu ihr durch, während sie zwischen herben Duftnoten und verwirrenden Empfindungen schwebte. Er lachte. Vermutlich lachte er sie aus. Es vibrierte durch ihren ganzen Körper und übertrug sich ohne Umwege direkt auf ihre Libido, die entzückt reagierte.

»Hast du deine Inspektion nun abgeschlossen, Prinzessin?«

Was sollte dieser Prinzessinnenmist? Wenn sie etwas nicht war, dann ganz sicher eine Prinzessin. Von wegen Multitasking. Isabelle war gleichzeitig so mit Tasten, Riechen und Fühlen beschäftigt, dass sie einfach keine Hirnkapazitäten für verbale Kommunikation entbehren konnte. Das war ihr ganz sicher noch nie passiert!

»So gern ich unser anregendes Gespräch auch vertiefen möchte, fürchte ich, zu spät zu meinem Termin zu kommen. Also ... lässt du mich frei, Prinzessin?«

Das Lächeln, welches er ihr nun schenkte, war definitiv waffenscheinpflichtig. Wieder fand sie nur ein

Wort in ihrem Kopf: WOW! Zusammen mit der überwältigenden Erkenntnis, dass es tatsächlich lebende Konkurrenz für Ryan Gosling gab. Ein Exemplar stand direkt vor ihr und musterte sie amüsiert.

Bevor es noch peinlicher werden konnte, denn ihre Beine schienen einzementiert zu sein und ihr Mund mit Sekundenkleber verschlossen, löste er sanft ihre Hände von seiner Brust und schob sie behutsam an ihre Körperseite. Isabelle ließ es mit sich geschehen und schwankte leicht auf ihren wackeligen Beinen.

»Hör mal, länger als eine Stunde wird das hier vermutlich nicht dauern, vielleicht hast du ja Lust, mit mir essen zu gehen heute Mittag?«

Essen gehen?

»Auf keinen Fall!«

Herzlichen Glückwunsch. Sie hatte tatsächlich ihre Stimme wiedergefunden und besann sich auf ihre Regeln, die sie seit elf Monaten strikt befolgte. Immer – ohne Ausnahme. Die würde sie ganz sicher auch nicht für Mister Unwiderstehlich ändern.

»Du kannst ja doch sprechen, Prinzessin, ich hatte mich schon geistig auf einer Fortbildung für Gebärdensprache gesehen, um mit dir kommunizieren zu können.«

Er wirkte ehrlich erleichtert. Was nahezu lächerlich war und sie gegen ihren Willen zum Schmunzeln brachte.

»Und lachen kann sie auch noch – Jackpot!«
Jetzt stieß er seine Faust triumphierend in die Luft
und sah einfach nur albern aus. Aber irgendwie
auch sehr sexy. Ihr Schmunzeln verwandelte sich in
ein mädchenhaftes Kichern. *Dieser Idiot.*

»So, Prinzessin.«
Er blickte auf ihr Namensschild.

»Belle«, raunte er, »ich werde jetzt mit deinem
Chef über dieses schnuckelige Studio hier reden
und dann komme ich dich holen.«
Sie schnaubte.

»Ich bin mir ziemlich sicher, dass da ISABELLE
auf meinem Namensschild steht und nicht Belle
oder Prinzessin. Außerdem ... Dann komme ich
dich holen? Geht's noch abgedroschener?«
Isabelle fauchte ihm hinterher, weil er sie nach
seiner Ansage einfach stehen gelassen hatte. *Dann
komme ich dich holen. Spinner. Also ehrlich.*
Hitze ließ ihren Körper überall prickeln und viel zu
viele Flüssigkeiten produzieren. Sie trocknete sich
die schwitzigen Hände an einem grün-schwarzen
Studiohandtuch ab, das genau wie ihr Shirt die
Farben des ›Form your Body‹ trug, und stiefelte
dann weiter in Richtung Sauna. Hier wollte sie
ursprünglich die Handtücher austauschen, bevor es
zu diesem Zusammenstoß gekommen war. Kopfschüttelnd und gleichzeitig grinsend musste sie
wieder an den Leckerbissen denken, dessen Namen
sie nicht einmal kannte.

Eine gute Stunde später verließ sie das Fitnesscenter in ihre Mittagspause. Natürlich ohne ihren neu gewonnenen Freund. Hin- und hergerissen zwischen Enttäuschung, Erleichterung und kribbeliger Vorfreude schlenderte sie zum nahe gelegenen Deli und kaufte sich ein einladend aussehendes, überdimensional großes Baguette. Genüsslich kauend begab Isabelle sich mit ihrer Errungenschaft in einen kleinen Park auf Banksuche. Für November waren die Temperaturen noch annehmbar und sie brauchte dringend etwas Abkühlung.

Nachdem sie sich am vergangenen Dienstag verpasst hatten, tauchte er wiederholt im Studio auf, um mit Daniel, Isabelles Chef, eine gemeinsame Strategie zu entwickeln. Zeitgleich tüftelte er anscheinend auch an einer Taktik, um sie rumzubekommen. Was im Prinzip ziemlich einfach gewesen wäre, wenn er sich nur an die Regeln halten würde.

Am Mittwoch überraschte er sie wortlos mit einer einzelnen weißen Rose. Isabelle war so überrumpelt, dass sie sie stumm entgegennahm und erst später erkannte, dass dies ein Fehler war, der eindeutig gegen ihre Regeln verstieß. Seit Mittwoch hatte der Teufel nun einen Namen, den seine hübsche Visitenkarte verriet: *Damien Wendt –* *Imageberater.* Sie hätte fortan zwischen vier Nummern wählen können, um ihn zu erreichen. Neben Firmentelefon und Firmenhandynummer hatte er auf der Rückseite seine beiden privaten Nummern notiert, zusammen mit einem schlichten: Ruf mich an, Prinzessin. *Wie reizend.*

Donnerstag und Freitag verliefen ereignislos, zumindest was den Teufel betraf. Erst am Samstag stand der nächste Besuch des Imageberaters ins Haus.

Mit energischen Schritten marschierte er direkt auf sie zu. Wenn sie ihn nicht für harmlos gehalten hätte, wäre sie bei seinem verbissenen Gesichtsausdruck eventuell ein wenig ängstlich geworden. So lächelte sie ihn einfach nur liebreizend an.

»Du hast nicht angerufen!«

»Dir auch einen guten Morgen, Damien. Daniel ist in seinem Büro und erwartet dich.«

Die Tatsache, dass sie auf seinen Vorwurf nicht einging, schien ihn zu frustrieren. Er sah aus, als wollte er noch etwas erwidern, schluckte es aber herunter. Schnaubend machte er sich davon. Isabelle konnte sich ein Schmunzeln nicht verkneifen, während sie seinem Knackarsch hinterher sah. Das machte viel zu viel Spaß.

Am darauffolgenden Montag erwischte er sie erneut auf dem falschen Fuß, denn ehe sie sich versah, hatte er ihr etwas Kühles in die Hand gedrückt. Skeptisch schaute sie in die Richtung und sah eine

Miniaturausgabe eines *Ben & Jerry `s*-Eisbechers in Herzchenform. *Blondie Brownie.* Sie liebte dieses Eis, hatte es aber in der Form noch nie gesehen. Während sie sich noch wunderte, blickte Damien sie eindringlich an und raunte: »Was spricht gegen ein Essen, Belle?« Diesmal war sie es, die schnaubte.

»Was spricht gegen die Benutzung meines richtigen Namens, Casanova?«
Isabelle beäugte immer noch die herzförmige Eisverpackung.

»Und wo hast du das her?«
Sie deutete auf selbige in ihrer Hand.
Damien winkte ab.

»Das war mal so eine Promoaktion für *B & J*. Ist aber nicht zum Tragen gekommen. Abgefüllt habe ich es selber.«
Sichtlich stolz über diese Meisterleistung musterte er sie abermals erwartungsvoll. *Mmmh ...* Sie ahnte, dass die Kombination aus Vanille, Schokolade und Karamell den reinsten Geschmacksorgasmus in ihr entfachen würde, und konnte es förmlich auf ihrer Zunge spüren. Viel zu lange war es bereits her.

»Nur ein Essen, Belle.«
Isabelle musste ihre Theorie über Hundeblicke noch einmal revidieren. Als sie ihre Aufmerksamkeit von der Eispackung losriss und wieder auf Damien richtete, wäre sie fast eingeknickt. Kurz dachte sie an Russel und grinste in sich hinein. Ihr

Gegenüber interpretierte dies natürlich prompt falsch.

»Ist das ein Ja?«

Hoffnung glimmte auf.

»Nein!«

»Aber ich habe mir sagen lassen, dass Frauen diesem Eis nicht widerstehen können«, argumentierte er trotzig.

Irgendwie süß.

»Das stimmt auch. *Ben & Jerry`s* ist die unangefochtene Nummer eins, selbst in dieser kitschigen Verpackung.«

»Immerhin irgendwas richtig gemacht.«

Ein ungeduldiges Knurren folgte.

»Hör mal, wir können uns dieses ganze Hin und Her, Flirten hier und Sprüchlein da auch einfach sparen und du kommst heute Abend einfach zu mir.«

Isabelle hatte eine Hand locker in die Hüfte gestemmt, in der anderen steckte immer noch der verführerische Eisbecher. Diesen plante sie gleich erst einmal kaltzustellen und vor sich selbst in Sicherheit zu bringen. Leicht entgeisterte Augen starrten sie an. Dass sie nur halb so cool war, wie sie tat und sogar den Atem angehalten hatte, bemerkte sie erst, als dieser nach seiner nächsten Frage prustend ihre Lungen verließ.

»Du willst für mich kochen?«, fragte Damien allen Ernstes.

»Natürlich nicht. Kein Essen, nur Sex. Das ist eine der Regeln.«

Sein verwirrter Blick nagelte sie regelrecht fest.

»Was für Regeln?«

Isabelle sah sich um und bemerkte Lars, der das Gespräch der beiden scheinbar missmutig verfolgte.

»Na Regeln eben.«

Sie sprach nun etwas leiser, damit nicht das ganze Studio von ihren Gewohnheiten Wind bekam, und schwor sich im Stillen, keine Mitglieder mehr mit nach Hause zu nehmen.

»Es ist ganz einfach. Wir treffen uns, haben Spaß und nichts weiter. Das Ganze geht dann einen Monat lang.«

Sie schielte kurz zum Wandkalender hinter der Theke.

»Na gut, in deinem Fall wäre es der Dezember und eben die letzte Novemberwoche. Für deine Hartnäckigkeit.«

Herausfordernd lugte Isabelle zu Damien herüber und kämpfte gegen den Drang an, ihm durch die Haare zu wuscheln. Innerlich betete sie ihr Mantra vor sich hin: *Halt dich an die Regeln und niemand wird verletzt! Halt dich an die Regeln und niemand wird verletzt!* Sie fand ihn zum ersten Mal sprachlos vor. Sanft klappte sie seinen Unterkiefer wieder zu.

»Ist das dein Ernst?«

Was dachte er denn, dass sie hier gleich mit Pompons vor seiner Nase rumhüpfen würde und »Ha, ha verarscht« rief?

»Das sind die Regeln«, erwiderte sie unnachgiebig und ihre Miene signalisierte: friss oder stirb. Während Damien scheinbar mit sich haderte, schnupperte sie noch einmal unauffällig an ihm und seufzte zufrieden. Nach diesem Duft könnte sie tatsächlich süchtig werden. Und dieses Geheimnis würde sie genauso sicher mit ins Grab nehmen.

»Das meint sie vollkommen ernst. Die ist total durchgeknallt«, posaunte es in ihrem Rücken. Erschrocken drehte sie sich um und starrte in Lars' angesäuertes Gesicht. Na warte. Ein gemeines Lächeln breitete sich auf ihren Lippen aus.

»So durchgeknallt kann ich ja nicht sein, wenn du mit mir Silvester bei deinen Eltern in Dänemark verbringen wolltest, oder?«
Lars lief rot an und murmelte vermutlich nicht jugendfreie Verwünschungen auf dänisch vor sich hin. Aber wenigstens ließ er sie nun in Ruhe. Skeptisch hob Damien eine Augenbraue und wartete offenkundig auf erklärende Zusatzinformationen. Isabelle verschränkte die Arme vor der Brust. Eigentlich ging es ihn nichts an. Sie lieferten sich ein stummes Blickduell, das sie eindeutig verlor. Kapitulierend ließ sie die Arme sinken und setzte zu einer Kurzerklärung an.

»Mr. November ist vorzeitig ausgeschieden. Regelbruch.«

»Was für ein Glück für mich.« Sarkasmus triefte aus seiner Stimme und stachelte Isabelles Unmut an.

»Was ist dein Problem? Ich bitte dich nicht seit einer Woche um ein Date und kreuze hier mit Herzchen-Eis auf. Jetzt bekommst du deine Chance und-«

»Meine Chance?«, fiel er ihr ins Wort. »Meine Chance auf was? Den Titel Mr. Dezember? Ich bin mir nicht sicher, ob mir das gefällt.«

»Sex ohne Verpflichtungen. Das ist alles, was du von mir bekommen kannst. An mehr«, sie deutete fast anklagend auf die *Ben & Jerry`s*-Eispackung, »bin ich absolut nicht interessiert, okay?«
Damien riss ihr das bereits angeschmolzene Eis aus den Händen und blickte mürrisch auf sie herunter.

»20 Uhr! Schick mir deine Adresse.«
Er war aus ihrem Sichtfeld verschwunden, bevor sie zu einer Antwort ansetzen konnte. Genauer betrachtet hatte er ihr auch keine Frage gestellt. Warum ließ er sie andauernd stehen, und hatte er ihr gerade tatsächlich das Eis wieder weggenommen? Geht's noch?!

»Bin wieder zu Hause.«
Mit einem Krachen fiel die Tür ins Schloss. Ihre Freundin Samantha zuckte erschrocken zusammen.

Das Bild im Flur drohte vorwurfsvoll herunterzufallen, konnte sich aber so gerade noch an seinem Nagel halten.

»Das war nicht zu überhören, Isa.«
Manchmal hatte sie diesen mütterlich-mahnenden Ton so perfektioniert, dass er selbst Isabelle ein wenig einschüchterte. Es war nur eine blöde Tür, und sie war erwachsen genug, selbst zu entscheiden, wie laut sie diese zuknallte. Isabelle bedachte ihre Mitbewohnerin mit einem genervten Blick.

»Wer hat dich denn geärgert, Süße?«
Super, jetzt kam der mütterlich-fürsorgliche Tonfall, mit dem Samantha sie seit nun fast zwei Jahren bedachte und der sie nur noch wütender machte. Wütend? Worauf eigentlich? Wenn sie das so genau wüsste, hätte sie vermutlich nicht ihre Mittagspause schmollend mit einem selbstgekauften Ben & Jerry`s-Eisbecher alleine im Park verbracht. Isabelle war irgendwie mit dem Ausgang ihrer Diskussion mit Damien unzufrieden. Obwohl er letztendlich eingewilligt hatte, konnte sie doch bereits spüren, dass dieser Teufel Ärger bedeuten und jede ihrer Regeln bis an ihre Grenzen ausreizen würde. War es das alles wert? Vielleicht hatte sie sich zu früh auf ein neues Abenteuer eingelassen. Noch hatte sie sich nicht durchringen können, ihm die geforderte Adresse zu schicken. Dass er sich insgeheim darüber ärgern könnte, bereitete ihr eine diebische Freude.

Samantha stand im Flur und war beladen mit bunt durcheinandergewürfelten Kuscheltieren und Kleidungsstücken. Irgendwie machte sie einen gestressten Eindruck.

»Alles in Ordnung bei dir, Sammy?«
Sie hob beide Hände und wedelte mit den Stofftieren hin und her.

»Melly ist verschwunden.«
Dieser hässliche Stofffetzen, der am Ende etwas hatte, das aussah wie ein missglückter Katzenkopf – aber nur mit ganz viel kindlicher Fantasie –, war Rebeccas Ein und Alles. Ohne den schlief sie nicht ein, und da es fast sieben war, verstand Isabelle nun auch Samanthas Hast.

»Ich helfe dir suchen. Vermutlich hat Russel ihn wieder gemopst und irgendwo versteckt.«

Wie auf Abruf kam Russel nun schwanzwedelnd in den Raum und schaute so unschuldig, dass sein Frauchen sich beinahe sicher war, dass er etwas mit Mellys Verschwinden zu tun hatte.

»Russel, wo hast du Melly hingeschleppt?«
Sein rechtes Augenlid zuckte verdächtig, aber er schwieg.

Eine halbe Stunde später war das Monstrum eines Kuscheltieres in einem ihrer Turnschuhe wieder aufgetaucht. Samantha atmete erleichtert auf. Jetzt war es an Isabelle, hektisch zu werden. Sie flitzte ins Obergeschoss und sprang unter die Dusche. Hier in ihrem eigenen kleinen Reich entspannte sie sich langsam wieder. Während Samantha sich mit ihren beiden Mädels ein etwas geräumigeres Badezimmer im Untergeschoss teilte, genoss Isabelle den Luxus ihrer eigenen, etwas kleineren Nasszelle. Ein eigenes Bad war einfach unbezahlbar für einen Morgenmuffel, wie sie einer war.

Penibel trennte sie sich von allen kleinen Härchen an den relevanten Stellen, als ihr siedend heiß einfiel, dass Damien immer noch keine Anschrift hatte. Isabelle beendete ihr Beauty-Programm, band sich ein flauschiges Handtuch um den Körper und fischte mit noch feuchten Fingern nach ihrem Handy. Schnell tippte sie die Straße samt Hausnummer ein. Mehr nicht. Eine Antwort bekam sie nicht, und so blieb abzuwarten, ob er tatsächlich noch auftauchen würde.

Fertig eingecremt ließ sie ihre schlanken Beine in einer dunklen Skinny Jeans verschwinden, pimpte ihr Dekolleté mit einem Push-up-BH und versteckte diesen hinter einem petrolfarbenen Langarmshirt mit sündigem Wasserfallausschnitt. Der extreme Sport in den letzten Monaten hatte ihre Kleidergröße um zwei Nummern schrumpfen lassen. Auch wenn sie jetzt ihr persönliches Wohlfühlgewicht erreicht hatte, zupfte sie prüfend an sich herum. Ein leichtes Make-up rundete ihren Auftritt ab. Ihr Long Bob, die beste Entscheidung seit Langem, brauchte glücklicherweise keine große Aufmerksamkeit. Sie föhnte ihre Haare trocken und drehte dabei die Enden etwas ein, sodass es locker und ungezwungen wirkte.

Nachdem Isabelle sich erneut in ihrem Ganzkörperspiegel betrachtet hatte, fiel ihr Blick auf die Uhr und sie erschrak. Es war bereits zehn nach acht und ihr Magen gab demonstrierende Geräusche von sich. Das hatte man nun davon, wenn das Mittagessen lediglich aus einem Eis bestanden hatte. Sie musste unbedingt noch schnell einen Happen essen, bevor ihr Besuch aufkreuzte. Sofern er nicht direkt beleidigt zu Hause bleiben würde.

Als sie die Stufen nach unten nahm, hörte sie Geschirrklappern und Gelächter aus der Küche. Samantha stand hinter der Hochglanz-Kücheninsel und hantierte eifrig mit zwei Töpfen. Die Wangen ihrer Freundin waren gerötet. Fast zeitgleich huschte Isabelles Blick zu dem Platz vor der Theke, wo sie einen ihr mittlerweile bekannten Rücken ausmachen konnte. Heute trug Damien ein lilafarbenes Poloshirt. Dieser Mann schien ein Dauerabo auf Poloshirts zu besitzen und dafür keinerlei Pullover. Damien hatte seinen rechten Ellenbogen lässig auf der Theke abgestützt und sein Kinn lag in der Handinnenfläche. Kurz war sie abgelenkt vom Muskelspiel seines Unterarms. Bis zu diesem Zeitpunkt hatte sie nicht gewusst, dass Unterarme so ungeheuer sexy sein konnten.

Sie konnte erkennen, wie er mit schief gelegtem Kopf Sammys Treiben beobachtete. Ein unbekanntes Gefühl machte sich in ihr breit. Die beiden hatten sie immer noch nicht entdeckt und Samantha lachte abermals auf. Scheinbar schienen sie sich bestens zu unterhalten.

Isabelle war hin- und hergerissen. Dieser Anblick rief ihr ins Gedächtnis, wie selten Samantha in den letzten Jahren wirklich glücklich gewesen war. So unbeschwert hatte sie sie lange nicht mehr gesehen und der Grund dafür sollte ihr Sex-Date sein? Wenn sie tief genug in sich horchte und ihre Gefühle sezierte, was sie natürlich tunlichst unterließ, war da vielleicht auch noch ein Hauch Eifersucht zu finden.

Das ganze Szenario wirkte dermaßen harmonisch, dass sie noch einen weiteren Moment im dunklen Flur verharrte, aus Angst, als Eindringling wahrgenommen zu werden, sobald sie den Raum betreten würde. Als Isabelle seine dunkle Stimme ebenfalls auflachen hörte, war es definitiv Eifersucht, die sie durchfuhr. Sie war grundsätzlich kein besitzergreifender Typ. Jetzt aber köchelte es in ihr und sie konnte nicht einmal genau beschreiben warum. Eigentlich sollte sie froh darüber sein, dass die beiden sich verstanden. Damien brachte Sammy zum Lachen, etwas, das sie die letzten Monate nicht sehr häufig zustande gebracht hatte, weil sie so mit sich selbst beschäftigt gewesen war, dass alles daneben irgendwie verblasste. Schuldgefühle überkamen sie, weil sie trotz allem, was Samantha durchgemacht hatte, in ihrem eigenen Selbstmitleid untergetaucht war.

Ihr Magen knurrte in dem Moment, als Samantha sie über Damiens Schulter hinweg entdeckte. Isabelle wusste nicht, was genau sie erwartet hatte, vielleicht eine Art ertappten Ausdruck auf Sammys Gesicht. Diese strahlte sie aber nur einladend an und deutete auf Damien, der sich nun ebenfalls zu ihr drehte und verwegen lächelte.

»Er hat sich als Mr. Dezember vorgestellt.«
Tadelnd blickte sie Isabelle an.

»Du hättest mich durchaus vorwarnen können, Isa. Außerdem hat er behauptet, dass du für ihn kochen würdest. Da war ich mir fast sicher, dass er sich nicht nur im Monat, sondern auch in der Haustür geirrt hat.«
Isabelle grinste. Damien verzog den Mund und feixte: »Sie ist echt lustig, deine Freundin.«

»Esst ihr mit?«
Samantha deutete auf ihren Topf und den Ursprung des himmlischen Geruchs, der sich mittlerweile im gesamten Haus ausgebreitet hatte. Obwohl Isabelles Magen wie auf Kommando knurrte, sagte sie »Nein« in dem Moment, als Damien »Gerne« erwiderte.

Samantha schenkte ihr ein wissendes Lächeln, ignorierte ihren Protest und deckte für alle drei. Wenn es tagsüber zu stressig war, kochte Sammy oftmals abends, um sich dabei zu entspannen, wie sie sagte. Isabelle würde jetzt ganz sicher nicht anfangen, sich darüber zu beschweren, schließlich profitierte sie regelmäßig davon. Die Aussicht auf

Spaghetti Bolognese stimmte sie versöhnlich und sie aß nicht alleine mit Damien. Jegliche Romantik sollte also gar nicht erst aufkeimen.

Frühstück exklusive

»**E**rnsthaft? Du nennst deinen Jack Russel einfach Russel?«

Damien war Belle nach dem Essen und einer weiteren Flasche Wein bereitwillig aufs Zimmer gefolgt und entdeckte einen kleinen Hund auf einem Kissen im Fenstersims, offensichtlich seinem Stammplatz.

»Ist das jetzt ein Verbrechen? Werde ich nun wegen Kreativlosigkeit ersten Grades verurteilt? Dir wäre vermutlich etwas deutlich Originelleres eingefallen, Mr. Imageberater. Als Josh und ich ihn damals fanden, war es das Erste, was mir einfiel, und der Kleine brauchte nun mal einen Namen.«
Besagter Hund thronte nun zwischen ihnen auf dem Sofa und Belle kraulte ihm hingebungsvoll den Kopf. Damien fragte sich flüchtig, ob man ernsthaft neidisch auf ein Tier werden konnte. Gerne hätte er ihre Hände auf seinem Körper gespürt, statt diese unsägliche Diskussion über Hundenamen zu vertiefen, die er selbst auch noch angezettelt hatte.

»Also? Wie hättest du ihn genannt?«
Ihr Blick war herausfordernd und flirtend zugleich.
Er tat so, als würde er ernsthaft überlegen, und sagte dann: »Ich weiß nicht. Vielleicht Jack?«

Sie starrten sich einen Moment an und prusteten dann zur gleichen Zeit los. Belle war noch schöner, wenn sie lachte. Und jetzt gerade war es das erste ehrliche und unbefangene Lächeln, das er an ihr sah. In diesem Augenblick wollte er dafür verantwortlich sein, dass sie noch viele weitere Male lachen würde, denn dieser Klang würde fortan in die Top Ten seiner Lieblingsgeräusche einziehen.

Es folgte ein kurzer Moment der Stille. Kein unangenehmes Schweigen, eher der Beginn von etwas unfassbar Prickelndem. Unfassbar auch, weil er sich seine eigene starke Reaktion auf sie nicht so recht erklären konnte. Eine Gänsehaut zog sich über seinen Körper, die ihr intensiver Blick ausgelöst hatte. Sie fixierte abwechselnd seine Lippen und seine Augen. Immer wieder schoss ihr Blick hoch und forschte in seinen Iriden, bevor er sich wieder auf die Lippen senkte. Belle knabberte an ihrer Unterlippe und hatte die streichelnden Bewegungen eingestellt.

Ohne es bewusst zu merken, waren sie sich beide ein Stückchen näher gekommen, sodass es Russel anscheinend zu eng wurde und er vom Sofa flüchtete. *So nah.* Damien konnte ihren süßlichen Atem auf seiner Haut spüren. Sie roch fruchtig und ein wenig nach dem Wein, den sie unten getrunken hatten. Wie magnetisch angezogen streckte er seine Hand aus, um ihr Haar zu berühren und es aus ihrem Gesicht zu streichen. An ihrem Nacken angekommen hielt er inne, zog sie noch ein Stück näher zu sich heran und verlor sich in den Tiefen ihrer blauen Augen. Sie funkelten verführerisch. Während ihre immer noch nagenden Zähne ihre Unterlippe malträtierten und ganz andere Regionen in seinem Körper anregten, wirkte ihr Duft zusätzlich berauschend. Sanft befreite er ihre Lippe und umschloss sie nur einen Wimpernschlag später mit seinem eigenen Mund. Bei ihrer Berührung rauschte ein heftiger Gefühlsstrom durch seinen ganzen Körper. Belle fühlte sich warm und weich an und seufzte zufrieden. Sie atmeten sich ein und fingen an, einander zu erkunden. Eher vorsichtig und genießend statt wild und leidenschaftlich, wie er es vermutet hatte.

Damien liebkoste ihren Erdbeermund und zupfte abwechselnd an Unter- und Oberlippe, bis sich seine Zunge weiter vorwagte. Sie öffnete sich ihm willig und die Zeit schien stillzustehen. Versunken in dem wohl schönsten Kuss seines ganzen Lebens streichelten seine Hände ihre Wangen und setzten die Reise über ihren Rücken bis zu ihrer schmalen Taille fort. Er presste Isabelle sanft gegen seinen Körper und überlegte fieberhaft, wie lange er dieses zaghafte Tempo beibehalten konnte, ohne über sie herzufallen. Er wollte den Moment auskosten und alles genießen, was sie ihm bot. Das kleine bisschen Nähe, das sie zuließ, war für ihn bereits zu einem wertvollen Schatz geworden.

Ein weiteres heiseres Seufzen kam über ihre Lippen und eroberte mit wehenden Fahnen die Spitze der

Top Ten seiner Lieblingsgeräusche. Sie fing an, seine Brust mit ihren zarten Händen zu streicheln. Im Gegensatz zu ihm wurden ihre Bewegungen immer fordernder und steigerten seine Erregung im selben Maße, wie seine Selbstbeherrschung zu bröckeln drohte. Damien wollte sie ohne jeden Zweifel. Er sehnte sich nach ihrer nackten Haut und der warmen Enge, die er in Besitz nehmen wollte. Belle gab ungeduldige Laute von sich, die ihn nur noch mehr anheizten. Er drehte sie mit einer einzigen schwungvollen Bewegung auf den Rücken und bedeckte sie vollständig mit seinem Körper. Im ersten Moment scheinbar überrascht presste sie im nächsten bereits ihre heiße Mitte an sein hartes Geschlecht, was ihm ein Stöhnen entlockte. Belle platzierte ihre Beine um seine Hüften und rieb sich an ihm, sodass er schon befürchtete, jeden Moment wie ein hormongebeutelter Pubertierender in seiner Hose abzuspritzen. Sie unterbrachen ihren Kuss für keine Sekunde und verschlangen sich gegenseitig vor lauter Verlangen. Immer wieder seufzte und keuchte sie in seinen Mund und er schluckte jeden ihrer Laute mit Genugtuung. Sie zerrte an seinem Shirt und er half ihr nur zu gerne dabei, die störenden Stoffschichten loszuwerden. Gerade als er überlegte, in welcher Hosentasche sich das Kondom befand, löste sie sich abrupt von ihm. Atemlos starrte Belle ihn an.

»Was …«

Sie kämpfte sich unter ihm hervor. Damien war viel zu perplex und ihm fehlte tatsächlich ein wenig Blut, um seinen Körper oberhalb der Gürtellinie ausreichend zu versorgen, sodass er zunächst nur bedröppelt dastehen konnte. Hilflos beobachtete er, wie sie wortlos, fast fluchtartig, das Zimmer verließ. Okay, das war irgendwie suboptimal gelaufen. Warum wusste er allerdings nicht. Bis zu ihrem fast panischen Abgang hatte es sich alles mehr als nur gut angefühlt. Ob er zu schnell vorgeprescht war? Aber mal ehrlich. Sie war diejenige, die nur Sex von ihm wollte.

Damien war sich immer noch keiner Schuld bewusst, als Belle Minuten später mit versteinerter Miene und vor der Brust gekreuzten Armen wieder den Raum betrat. *Shit!* Das bedeutete das vorzeitige Spielende. Keine Verlängerung, nicht mal eine zweite Halbzeit.

»Ich glaube, du solltest jetzt gehen. Ist ziemlich spät geworden und ich bin total k.o.«

Das war der unglaubwürdigste Korb, den er je bekommen hatte. Nicht, dass er sich überhaupt erinnern konnte, wann er seinen letzten Korb bekommen hatte.

Auch wenn sein Schwanz immer noch einen Großteil der Blutversorgung für sein Stehvermögen beanspruchte und den Spielabpfiff gekonnt ignorierte, war Damien sich sicher, dass irgendetwas passiert sein musste, von dem er nicht den Hauch einer Ahnung besaß.

»Ist das dein Ernst? Schmeißt du mich jetzt etwa raus?«

Fassungslosigkeit färbte seine Stimme rau. Kurz zuvor hatte er noch gehofft, sie würde einen Witz machen, aber dem war nicht so.

»Damien, du hattest doch, was du eigentlich wolltest. Ein ungeplantes Essen und ... jetzt bin ich eben zu müde für alles andere.« *Wer's glaubt. Fuck!*

Er war angepisst darüber, dass sie ihm nicht einfach die Wahrheit sagen konnte. Schließlich hatte sie vorher gepredigt, dass es nur Sex geben würde, und jetzt sollte das also ein Sex-Date ohne entsprechende Interaktionen werden. Verstehe einer die Frauen. Vermutlich war es auch sein angekratztes Ego, das ihn weiterdiskutieren ließ.

»Du kannst doch nicht mit der Dessertkarte vor meiner Nase herumwedeln und mir dann den Nachtisch verweigern.«

Sie musste sichtlich ein Schmunzeln unterdrücken. Klasse, jetzt machte sie sich über ihn lustig und er ärgerte sich schon wieder, dass er so bedürftig geklungen hatte. Jede Faser seines Körpers verzehrte sich nach ihr – und das war längst nicht alles.

»Damien, du hast eine sehr anschauliche Art, dich mitzuteilen, und scheinst irgendwie immer noch mit dem Essen beschäftigt zu sein. Aber sieh es doch mal so: Die Vorfreude steigert das Verlangen. Beim nächsten Mal überspringen wir den

Hauptgang und du darfst mich direkt zum Nachtisch vernaschen. Um es mal mit deinem Vokabular auszudrücken.«

Belle strahlte so herzerwärmend, dass es ihn ein wenig versöhnte, auch wenn es auf seine Kosten geschah. Er raffte sein Shirt zusammen und war froh darüber, dass Samantha ihm vorsorglich das Gästezimmer angeboten hatte. Nach dem ganzen Wein konnte er jetzt nicht mehr fahren und die Beule in seiner Hose gestaltete einen Spaziergang derzeit äußerst unangenehm. Belle schien die Nacht tatsächlich ohne ihn verbringen zu wollen. Er verließ den Raum, ohne eine weitere Antwort von sich zu geben, und das kleine Biest winkte ihm tatsächlich immer noch lächelnd hinterher.

»Was machst du hier?« Damien zuckte ertappt zusammen und fühlte sich, als wäre er bei etwas Verbotenem erwischt worden. Dabei war er nur Isabelles unmissverständlicher Aufforderung gefolgt und hatte sich im Dunkeln vor sich her tastend auf die Suche nach dem Gästezimmer begeben. Oberkörperfrei hielt er sein Shirt schützend vor seine Brust. Vor ihm stand ein kleiner Zwerg mit verwuschelter dunkler Mähne und einem *Minion* in der Hand.

»Ähm ...«

»Willst du zu Mom?«

»Wer ist denn deine Mom?«

Er musterte sie von oben bis unten, fand aber, dass sie weder Isabelle noch Samantha wirklich ähnlich sah. Aber was wusste er schon, sie war so winzig und er war überrascht, dass sie schon so fehlerfrei sprechen konnte.

»Na Mommy.«

So kamen sie nicht weiter.

»Wie heißt denn deine Mom, Prinzessin?«

»Ich bin keine Prinzessin.«

Kurz blitzte Belle vor seinem inneren Auge auf. Sollte diese gemeinsame Aversion gegen einen Kosenamen ein echter Hinweis sein?

»Ist Isabelle deine Mommy?«

»Hä? Isa ist Isa.« Sie blickte ihn weiterhin skeptisch an. »Bist du ein Einbrecher?«

»Nein, kleine Dame, ich bin kein Einbrecher. Bist du nicht noch ein bisschen zu jung, um mitten in der Nacht vermeintliche Diebe zu fangen?«

Empört hob sie ihre rechte Hand, verschränkte angestrengt ihren Ringfinger und den kleinen Finger und hielt die übrigen gestreckt nach oben. »Ich bin schon so.« Also drei. »Und Bob macht kein Licht mehr.« Sie deutete mit einem Nicken auf den *Minion* in ihrer linken Hand. »Kannst du neue Batterien reinmachen?«

»Oh. Okay. Wo sind denn eure Batterien?«

»In der Küche.«

»Dann zeig mir die Schublade und ich wechsle dir schnell die Batterien aus. Dann wird aber geschlafen, einverstanden?«

Sie nickte verschwörerisch.

»Ohne Licht kann ich nicht wieder einschlafen. Und Bob ist einfach ausgegangen.«

Vorwurfsvoll blickte sie abermals zu ihrem einstigen Lichtspender.

»Wie heißt du eigentlich, Prinzessin?«

»Ich bin keine Prinzessin.«

Sie standen in der Küche und die Kleine stampfte nun sogar auf, um ihrem Unmut über diese Titulierung Luft zu machen.

»Okay, dann verrate mir deinen Namen.«

»Deinen weiß ich auch nicht.«

»Das ist ein Argument.«

Er streckte ihr die übergroße Hand hin, zumindest wenn man sie an ihrer Größe maß, und sagte: »Ich bin Damien. Ein Freund von Isabelle.«

»Becks.«

Sie ergriff die dargebotene Hand und drückte sie selbstbewusst.

Während er das Batteriefach aufschraubte, unterhielten sie sich weiterhin. Die Kleine versuchte, ein Gähnen zu unterdrücken und ihn selbst ergriff ebenfalls eine ungeahnte Müdigkeit.

»Becks ist ein ziemlich cooler Name für eine kleine Lady wie dich.«

»Eigentlich heiße ich Rebecca, aber weil ich so gut Fußballspielen kann, nennt Isa mich immer Becks. Wie den echten Becks.«

»Du kannst Fußballspielen? Das musst du mir bei Gelegenheit mal zeigen.«

Rebecca strahlte stolz und Damiens Herz ging ein wenig auf. Er hatte noch nicht wirklich ernsthaft über eigene Kinder nachgedacht, dazu fehlten ihm schlichtweg die Zeit und bisher auch die richtige Frau. Mit zweiunddreißig Jahren konnte man aber langsam anfangen, etwas intensiver zu schauen, denn irgendwann ... Er erwiderte ihr Lächeln, ohne den Gedanken zu Ende zu spinnen, und schloss das Batteriefach mit einem Klicken wieder zu.

»So, das hätten wir. Bob wird dir jetzt wieder beim Einschlafen helfen.«
Damien überreichte ihn feierlich an seine Besitzerin und wurde mit einem erneuten Strahlen dafür entlohnt.

»Jetzt aber zack, zack ins Bett mit dir, Becks.«

»Du bist immer noch hier.«
So wie Isabelle es betonte, war es nicht wirklich eine Frage, eher ein Vorwurf, und zu Damiens Entrüstung vollkommen ernst gemeint.

»Dir auch einen guten Morgen, Belle. Hast du gut geschlafen?«
Sie waren sich auf dem schmalen Flur im Morgengrauen fast in die Arme gelaufen. Er auf dem Weg nach draußen und sie vermutlich auf dem Weg ins Bad. Damien musterte sie von oben bis unten. Ihre langen schlanken Beine steckten in lächerlich

kurzen Shorts und lenkten den Blick unweigerlich auf ihren knackigen Arsch. Er konnte den Wunsch, ihre zierlichen Rundungen mit seinen Händen zu packen und zu kneten, nur schwerlich unterdrücken und ließ sie stattdessen in seinen Jeanstaschen verschwinden. Als sein Blick weiter nach oben wanderte, ballte er die Hände zu Fäusten. Nun lockte nicht nur ihr Hinterteil, es reckten sich ihm ihre kleinen Nippel entgegen und buhlten um Aufmerksamkeit. Verdammt. Er bekam direkt einen Ständer.

Es war erst ein paar Stunden her gewesen, als er sie hatte berühren und schmecken dürfen. Die Erinnerung ließ seinen Schwanz schmerzhaft anschwellen. Ihrem genervten Blick nach zu urteilen, würde sich dieses Szenario in den nächsten paar Minuten nicht wiederholen, daher befahl er seinem ungeduldigen Freund, die Ruhe zu bewahren.

»Hast du jetzt alles gesehen und lässt mich endlich ins Bad? Ich kann dir auch vor die Füße pieseln, vielleicht hilft das bei deinem wachsenden Problem da.«

Sie deutete wissend auf seinen Schritt und er ließ sie passieren.

»Ach ja, Frühstück war exklusive und ist auch keine zubuchbare Option.«

Dieses Weib trieb ihn definitiv an die Grenzen seiner Beherrschung. Er räumte wortlos das Feld. Diese Schlacht war verloren, aber der Krieg war noch längst nicht entschieden.

Freundschaften und andere Laster

*I*sa kam die Treppe heruntergestiefelt und erinnerte Samantha an ihre Tochter Rebecca, beide waren nicht gerade Morgenmenschen.

»Hey Süße, möchtest du einen Kaffee?«

»Nur Milch, keinen Zucker.«

Okay, das war Antwort genug. Samantha würde den Teufel tun und weiter nachhaken. Stattdessen bediente sie den Kaffeevollautomaten und freute sich, wie fast jeden Morgen, darüber, dass dieser zuverlässig seine Arbeit verrichtete. Er war einer der wenigen Schätze in diesem Haus. Sie hatte sich beim Einzug in ihr ehemaliges Elternhaus nur eine neue Küche gegönnt und ihre alten Schlaf- und Wohnzimmermöbel mitgenommen. Ihr restliches Geld war für die Anschaffung und Ausstattung der Kinderzimmer draufgegangen. Wenn sie an die harte Anfangszeit dachte, schnürte es ihr immer noch die Kehle zu. Daher vermied sie es im Allgemeinen sehr erfolgreich, darüber zu grübeln. Was-Wäre-Wenn war ein fieses Spiel.

»Danke, Sammy.«

Isa schlürfte ihren Kaffee und wachte langsam auf.

»Wollen wir mal wieder einen Mädelsabend starten?«

»Bekommst du denn jemanden für die Kinder ?
Ich dachte, Leyla hat nicht mehr so häufig Zeit.«
Leyla war das Kindermädchen, das nun leider mit
siebzehn Jahren einer eigenen Abend- und Wo-
chenendplanung nachging.
Samantha lächelte entschuldigend.
»Ich dachte, wir machen es uns hier gemütlich.
Das kommt in letzter Zeit viel zu kurz.«
»Nur weil du immer an den Schreibtisch ver-
schwindest, sobald die Mädchen im Bett sind.«
»Oder du aufs Zimmer, sobald ein Monatsmann
vor der Tür steht.«
Beide meinten es nur gespielt vorwurfsvoll,
trotzdem steckte auch immer ein Funken Wahrheit
dahinter, den es zu ersticken galt.
»Okay, heute Abend. Ich besorge einen Film und
garantiere eine männerfreie Zone. Du kümmerst
dich um Essen und Maske.«
»Jawohl, Chef.«
Samantha salutierte und freute sich sehr über den
gemeinsamen Abend mit ihrer Freundin.

Stunden später trafen sie sich wie verabredet auf
dem Sofa. Sie beschmierten ihre Gesichter mit nach
Mandelöl riechenden Masken und garnierten sich
kichernd mit Gurken.

»Wenn du sie auf die Augen legst, kannst du weder den Film gucken, noch die Fußnägel lackieren.«

Samantha lachte ihre Freundin aus, die nun ein überraschtes Gesicht zog.

»Womit du recht hast.«

Schon flogen die Gurkenscheiben auf den Tisch.

»Das machst du nachher weg.«

»Ja, Mommy.«

»Nein, ernsthaft.«

Sie lachten noch eine Weile und schoben sich immer wieder kleine Leckereien in den Mund, die Samantha vorbereitet hatte.

»Mmh lecker. Aber warum heute so gesund?«

Isa schmatzte genüsslich vor sich hin und musterte ihr Gegenüber.

»Ich muss ein paar Kilos abspecken. Seitdem dich der Sportwahn gepackt hat, stehe ich quasi mit schlechtem Gewissen auf und gehe genauso wieder ins Bett. Das ist einfach nichts für mich. Dann muss ich wenigstens beim Essen aufpassen.«

»Du spinnst. Du weißt, dass du die perfekten Kurven hast. Dann ist das ganze Eis im Gefrierschrank also für mich?«

Immer noch kauend fing Isabelle eine Gurkenscheibe auf, die Samantha ihr empört zugeworfen hatte.

»Untersteh dich!«

»Ein Mädchen wird ja wohl noch träumen dürfen.«

Beide lachten abermals, bis ihnen die Tränen kamen und es Zeit wurde, die Maske zu entfernen.

Nachdem die DVD eingeschaltet war und die Nägel lackiert waren, widmeten sie sich ihrem Lieblingsthema: Männer.

»Wie sieht es eigentlich bei dir aus, Sammy?«

»Was meinst du?«

»Na, an der Männerfront. Gibt es keine sexy Single-Papas im Kindergarten oder unter deinen Rechtsanwälten?«

»Ist ja nicht so, als wäre ich direkt auf der Suche, Isa.«

»Solltest du aber. Findest du nicht, dass du lange genug alleine warst?«

»Das sagt Madame Monatsmann.«

»Probiere es doch mal aus.«

Isa grinste teuflisch.

»Ich befürchte, ich bin dafür nicht geschaffen. Kannst du dich noch an Gerry erinnern?«

»Oh Gott, hör mir auf. Ich krieg schon eine Gänsehaut, wenn ich nur seinen Namen höre. Wie lange ist das jetzt her?«

»Etwas über zwei Jahre. Aber jetzt verstehst du vielleicht, warum ich keinen gesteigerten Bedarf habe.«

»Konnte doch keiner ahnen, dass dich dein erster und einziger One-Night-Stand über Nacht an die Heizung ketten würde.«

Isabelle konnte nur schwer ein weiteres Lachen unterdrücken.

»Ja, ja, sehr witzig. Wenn das mal alles gewesen wäre. Aber als er mich morgens mit seinem Prengel vorm Gesicht geweckt hat und tatsächlich dachte, ich würde ihm vor lauter Dankbarkeit einen Blowjob bereiten ..., da war es endgültig vorbei.«

»Kein Mensch sagt Prengel, Sammy.«

Isabelle kringelte sich vor Gekicher. Samantha stieg mit ein und ließ die Nacht noch einmal gedanklich Revue passieren. Sie schüttelte sich angewidert. Vermutlich war sie durch einschlägige Literatur und dank mangelnder Erfahrung ein naives Opfer gewesen, denn Gerry hatte ihr ein Abenteuer der besonderen Art versprochen und keinen Hehl daraus gemacht, dass er dominant war. Seine Stimme und sein Auftreten hatten sie nach über einem Jahr Enthaltsamkeit so angeturnt, dass sie ihm begierig gefolgt war. Außer Rückenschmerzen und viele Lacher von Isabelle hatte ihr dieser Abend allerdings nichts eingebracht.

»Irgendwie hattest du immer so seltsame Bekanntschaften. Wenn ich da an Phil denke.«

»Oh mein Gott, den hatte ich schon fast ganz verdrängt.«

»Eigentlich war er ja ganz süß.«

»Ja genau. Eigentlich hat er jemanden gesucht, der ihn von seiner Mutti losreißt. Nur war seine Mutter nicht in den Plan eingeweiht und alles andere als gewillt, ihr Baby ziehen zu lassen.«

»Und du hattest eigentlich nur Sex haben wollen.«

»One-Night-Stands und ich scheinen nicht kompatibel. Sag nicht, ich hätte es nicht probiert, Süße.«

»Na ja, das ist mittlerweile alles verjährt. Wir müssen mal wieder zusammen losziehen. Diesmal suche ich den Typen aus und du bekommst *Sex on the Beach* und multiple Orgasmen.«

»Genau.«

Samantha war wenig überzeugt, ließ sich aber nach einer weiteren Flasche Wein überreden, wenigstens mal wieder mit ihr um die Häuser zu ziehen. Sobald ein williges Kindermädchen gefunden war.

»Es schneit, Mommy, es schneit!«

Aufgebracht stürmte Libby die Küche am nächsten Morgen, um von den weißen Flocken zu berichten, die seit der Nacht stetig gefallen waren und bereits draußen den Erdboden weitläufig in ein weißes Meer verwandelt hatten.

»Ich weiß, mein Schatz. Vielleicht können wir später schon einen Schneemann bauen.«

»Au ja. Einen Schneemann bauen.«

Es klingelte an der Tür und Libby rannte, ohne abzuwarten, los, bereit, dem Besuch Einlass zu gewähren. Als sie die Tür öffnete, verstummte sie und legte ihren Kopf in den Nacken, um an dem groß gewachsenen Mann hochzuschauen. Samantha war ihr gefolgt und war nicht weniger überrascht.

»Damien. Bist du mit Isa verabredet?«

»Noch nicht, aber ich wollte sie überraschen. Das Wetter schreit doch danach, den Tag draußen zu verbringen.«

Er strahlte wie ein kleiner Junge und steckte alle mit seiner guten Laune an.

»Hey Prinzessin.«

Sanft streichelte er Libby den Kopf. Diese reagierte mit verdutztem Gesichtsausdruck.

»Wer bist du?«

Theatralisch fasste Damien sich an sein Herz und tat so, als sei er schwer getroffen.

»Hast du mich etwa schon vergessen? Es ist doch erst ein paar Tage her, seit ich Bob wieder zum Leben erweckt habe.«

Samantha blickte zwischen Libby und dem Besucher hin und her, verstand aber kein Wort. Ihre Tochter lächelte und tänzelte davon.

»Bob? Zum Leben erweckt?«

Irgendwie konnte sie sich keinen Reim darauf machen. Libby pendelte zwischen Frühstücksflakes und Schneeflocken hin und her. Sie war schon wieder überall und nirgends und viel zu beschäftigt, um ordentlich zu frühstücken.

»Ja, lange Geschichte. Aber sie hat mich tatsächlich nicht wiedererkannt?«

Damien blickte der Kleinen skeptisch hinterher. In dem Moment schlurfte Rebecca in die Küche. Melly unter ihren Arm gequetscht, war sie noch sichtlich verschlafen.

»Hey Maus, bist du ausgeschlafen?«

Rebecca rieb sich die Augen, gähnte demonstrativ und schaute zum Fenster, vor dem ihre Schwester ein Tänzchen hinlegte.

»Okay.«

Damien überwand seine Verwirrung über das doppelte Lottchen und stiefelte zu Rebecca.

»Dann bist du also meine kleine Prinzessin von Montagnacht.«

Er strahlte sie an. Zu Samanthas Verwunderung breitete sich ein verschwörerisches Grinsen im Gesicht ihrer Tochter aus.

»Ich bin keine Prinzessin, Damien.«

»Sie hat mich wiedererkannt. Endlich macht mein Leben wieder einen Sinn.«

Rebecca und Samantha hoben zeitgleich eine Augenbraue und Damien brach in Gelächter aus.

»Ich hatte gerade schon das Vergnügen, deine Schwester kennenzulernen. Sie hat kein so großes Problem damit, eine kleine Prinzessin zu sein wie du, Becks.«

»Okay, irgendwann will ich die Geschichte hören, aber jetzt koche ich erst einmal Kaffee«, wägte Samantha ab.

»Gerne.«

Sie platzierte eine weitere Schüssel mit Frühstücksflakes auf dem Küchentisch, während Damien sich umschaute. Samantha wusste, wen er suchte.

»Isa ist nicht da. Ich schätze, du hättest sie vorher fragen sollen.«

Sie lächelte entschuldigend.

»Es ist Sonntag. Ich dachte, wenn ich so früh auftauche, kann sie mir nicht entwischen.«

»Normalerweise gebe ich dir da recht, aber sie wollte mit einem Freund frühstücken gehen.«

Kurz blitzte etwas in seinen Augen auf und Samantha nahm es überrascht zur Kenntnis. Sie hatte bereits bei ihrem ersten Treffen vor ein paar Tagen gemerkt, dass Damien anders tickte als seine Vorgänger. Verlegen fuhr er sich durch die blonden Haare.

»Bekomme ich trotzdem einen Kaffee?«

Ein schiefes Grinsen umspielte seine Mundwinkel und ließ Samantha erröten. Was hatte dieser Typ nur an sich, das sie ständig verlegen machte? Klar, er sah gut aus, aber das allein konnte nicht der Grund sein, denn Isa schleppte durchweg attraktive Typen an.

Sie schüttelte den Kopf, um die Gedanken zu vertreiben, die ihr viel zu tiefsinnig und analytisch für diese Uhrzeit erschienen – und das vor dem ersten Kaffee. Apropos. Beschämt schaute sie an sich hinunter. Glücklicherweise trug sie einen ihrer wenigen lochfreien Schlafshortys. Um diese Zeit hatte sie einfach noch nicht mit Besuch gerechnet, das wurde ihr soeben bewusst.

»Wird sofort geliefert.«

Sie bediente ihren Kaffeevollautomaten und der verführerische Duft von frisch gemahlenen Kaffeebohnen ließ sie seufzen und lenkte sie ab. Ihre beiden Mädels hatten das Frühstück abermals unterbrochen und trollten sich nun gemeinsam vor das Wohnzimmerfenster, weil man dort noch mehr von dem heiß geliebten Schnee sehen konnte. Libby hüpfte unaufhörlich auf und ab.

»Und was liegt bei euch heute noch so an?«

»Vermutlich werden wir den Tag im Schnee verbringen.« Samantha deutete auf ihre Zwillinge. »Sie sind ganz verrückt danach.«

Ohne sie weiter zu beachten, drehte Damien sich zu den beiden Dreijährigen um.

»Wollen wir den weltbesten, größten Schneemann aller Zeiten bauen?«

Libby kam direkt angerannt und hüpfte weiter von einem Bein auf das andere. Ein bisschen erinnerte sie an das *Duracell*-Häschen, dessen Batterien nie aufgaben. Rebecca folgte ihr und blickte Damien skeptisch an.

»Kannst du das denn?«

»Habe ich nicht auch Bob wieder zum Leuchten gebracht? Ich bin der unangefochtene Weltmeister im Bauen von Schneemännern. Wenn eure Mom euch was angezogen hat, beweise ich es euch.«

Jetzt blickte er über die Schulter rüber zu Samantha. Dieser Typ war unglaublich manipulativ, auf eine absolut hinreißende Art und Weise. Er griff zu unlauteren Mitteln und instrumentalisierte ihre

Kinder für seine Zwecke. Sie wunderte sich, dass er an einem Sonntag nichts Besseres zu tun hatte, als mit ihren Kindern zu spielen. Noch mehr jedoch verwirrte sie das warme Gefühl, das sich bei dem Gedanken in ihr ausbreitete. Samantha freute sich über die unvorhergesehene Gesellschaft und nickte ergeben.

»Seid ihr denn schon fertig mit eurem Früh-stück?«

Die Zwillinge bejahten synchron. Ihre Mutter blickte auf die halbgeleerten Schüsseln und seufzte: »Okay, dann hoch mit euch. Zähneputzen und Schlafanzüge aus. Ich komme gleich mit euren Schneeanzügen nach.«

»Jaaa.«

Und weg waren sie.

Eine gefühlte Ewigkeit später trotteten sie zu viert durchgefroren, aber äußerst zufrieden zurück ins Haus.

»Jetzt eine heiße Schokolade und dann mache ich mich ans Mittagessen«, sinnierte Samantha.

»Ich bin dabei.«

Überrascht blickte sie über ihre Schulter und war etwas irritiert, gleichzeitig aber auch geschmeichelt darüber, dass Damien immer noch nicht nach Hause wollte.

Die Milch stand gerade auf dem Herd, als die Tür mit einem Krachen ins Schloss fiel.

»Sag mal, wem gehört denn dieser ...«, Isabelle sah auf und stutzte. »Was machst du denn hier?«

»Jetzt gerade teile ich deine grenzenlose Freude über unser Wiedersehen, Belle.«

Damien strahlte sie an. Samantha bewunderte ihn dafür, dass er sich seine Enttäuschung über die unfreundliche Begrüßung nicht anmerken ließ. Oder vielleicht war er auch gar nicht so empfindlich. Wer wusste das schon?

Ihre Wangen glühten noch von der Kälte und sie fing den Blick ihrer Freundin auf, den sie irgendwie nicht deuten konnte.

»Äh ja, was macht ihr beide hier?«

Isabelle wechselte immer noch skeptisch zwischen Damien und Samantha hin und her. Ihm schien der bohrende Blick nichts auszumachen. Damien machte fast den Eindruck, als amüsierte ihn ihre Unwissenheit.

»Er wollte dich überraschen. Du warst bei Josh und Damien hat stattdessen mit den Kindern Schneemänner gebaut.«

Samantha deutete zum Wohnzimmerfenster, durch das man noch eines der außergewöhnlichen Exemplare sehen konnte. Libby trabte in den Raum.

»Damien hat ihm sogar seinen Schal geschenkt, damit der Schneemann nicht so nackig ist.«

Rebecca nickte bestätigend und Isabelle wusste scheinbar immer noch nichts mit der Situation anzufangen.

»Und wie war dein Frühstück mit deinem *Freund*?«

Damien betonte das letzte Wort etwas zu sehr, um beiläufig zu klingen. Man sah ihm seine Anspannung an, während er auf Isas Antwort wartete.

»Sehr lecker! Es gab sogar *Nachtisch*.«

Jetzt warf sie ihm einen herausfordernden Blick zu, der anscheinend zu einem Insider gehörte, den Samantha nicht kannte. Zumindest schien es Wirkung zu zeigen, denn Damien zog Isabelle an ihrem Ellenbogen in Richtung Treppe und zischte vor sich hin: »Wir müssen da mal eben was unter vier Augen besprechen.«

Ein Kampffisch allein Zuhause

»Hey Sammy, wie läuft es mit deinen Anwälten?«

Samantha hob fragend eine Augenbraue und schien Isabelles Ablenkungsmanöver zu durchschauen.

»Sie sind fordernd wie immer. Aber die Schreiberei für die Kanzlei ist eine gelungene Abwechslung. Und bei dir so?«

Samanthas eindringlicher Blick bestätigte ihre Befürchtung.

»Alles gut. Ich fange heute ein bisschen später an.«

»Du weißt, dass ich das nicht meine. Was ist mit dir und Mr. Dezember. Ihr scheint euch mehr zu zoffen, als Spaß miteinander zu haben.«

Sie setzte das Wort Spaß in Anführungszeichen. Womit sie recht hatte. Allerdings musste sich das nicht zwangsläufig widersprechen, denn das Streiten mit Damien war fast so gut wie ein Vorspiel.

Sie war gestern nach einer leidigen Diskussion über ihren ›Beziehungsstatus‹ und einer damit einhergehenden Exklusivität so heiß auf ihn gewesen, dass sie ihn am liebsten direkt ins Bett gezerrt hätte. Auch in seinen Augen hatte sie eine Leidenschaft entdeckt, die ihrer in nichts nachgestanden hatte.

Schwer atmend und mit donnerndem Herzschlag hatte er sie kurzerhand einfach stehen gelassen und war aus dem Haus geflüchtet.

Keine Ahnung, was in ihn gefahren war. Sicher war jedoch, dass dies die sexärmste Affäre war, die sie bislang erlebt hat. Wenn er so weitermachte, würde sie bald implodieren.

»Interesse?«

Sie konnte sich diesen kleinen Seitenhieb einfach nicht verkneifen, denn ob sie wollte oder nicht, versetzte es ihr einen kleinen Stich, dass ihre Freundin und ihr Mann des Monats sich so gut verstanden. Auch wenn sie wusste, dass Samantha sie niemals hintergehen würde, war sie tatsächlich ein wenig eifersüchtig. Diese Erkenntnis traf sie gestern wie ein Licht, das jemand angeknipst hatte.

»Ja sicher.«

Sammy errötete, was ihrer schroffen Antwort widersprach. Ihr schien Damien ebenfalls zu gefallen. Was nicht verwunderlich war, da er verboten gut aussah.

Isabelle hoffte, dass sich diese Tatsache nicht doch noch zu einem Problem für ihre Freundschaft entwickeln würde. Im gleichen Moment schüttelte sie innerlich den Kopf. Wie sollte es das? In einem Monat war ihr Techtelmechtel vorbei und sie würden wieder getrennte Wege gehen. Das waren die Regeln, und das war es, was sie wollte.

»Damien ist irgendwie anders. Ich weiß auch nicht. Ständig bringt er mich auf die Palme. Ich bekomme fast täglich Nachrichten von ihm, selbst wenn ich nicht antworte, bleibt er immer so wahnsinnig freundlich. Und dann taucht er hier unangemeldet auf und verbringt Zeit mit meiner Freundin. Das verstehe ich nicht unter einer zwanglosen Affäre. Mal ganz davon abgesehen, dass wir −« Isabelle unterbrach sich selbst, weil sie sich plötzlich nicht mehr sicher war, ob sie Samantha davon erzählen wollte.

»Dass ihr was?«

Zu spät.

»Dass wir noch keinen Sex hatten.«

Es entstand ein kurzer Moment der Stille, der Isabelle aus unerfindlichen Gründen verlegen machte.

»Am Montag habe ich meine Tage bekommen. Zwei Tage zu früh.«

Sie schaute ihre Freundin an und murmelte: »Zwei Stunden später hätten ja schon gereicht.«

Samantha fing lauthals an zu lachen und irgendwann stieg Isabelle mit ein.

»Und gestern ist er einfach abgehauen.«

»Oh ja, sein Abgang war nicht zu überhören. Im Türenknallen steht er dir in nichts nach.«

Am Nachmittag klingelte es an der Haustür und Rebecca öffnete sie, bevor Samantha auch nur den Hauch einer Chance gehabt hätte, selbst hinzugehen. Darüber musste sie mit ihren Töchtern noch ein ernstes Wörtchen reden. Sie konnten nicht ständig eigenwillig den Pförtner spielen. Als Damien plötzlich in der Küche stand, staunte sie nicht schlecht. Er sah wie gewohnt gut aus und trug ein blaues Poloshirt unter seiner Jacke. Irgendwie schien er ein Faible für dieses Kleidungsstück zu haben.

Noch mehr allerdings wunderte sie sich über das siegessichere Lächeln ihrer Tochter, die ihn am Arm in die Küche gezogen hatte.

»Mommy, darf Damien mir einen Fisch kaufen?«

»Einen Fisch?«

Samantha sah von einem zum anderen und konnte sich keinen Reim darauf machen.

»Ja, einen Fisch. Ich möchte einen. Damien hat gesagt, er kauft mir einen Fisch, wenn Mommy Ja sagt. Darf ich, bitte?«

Mit schief gelegtem Kopf und riesigen braunen Kulleraugen bettelte die kleine Maus um ein eigenes Haustier. Samantha war immer noch wie überfahren und wurde das Gefühl nicht los, dass die beiden das eine oder andere Geheimnis teilten, von dem sie nichts ahnte. Was wirklich verwunderlich war, denn im Gegensatz zu Libby ließ sich Rebecca nicht so leicht beeindrucken und für sich gewinnen. Damien schien das im Handumdrehen hinbekommen zu haben.

»Okay, wir reden hier also von einem einzigen Fisch, nicht irgendwie ein Riesenaquarium?«

Samantha versuchte, sich nicht vom herzerwärmenden Gesichtsausdruck ihrer Tochter ablenken zu lassen und das Für und Wider objektiv abzuwägen.

»Nur ein Fisch. Versprochen.«

Jetzt meldete sich der zukünftige Haustierspender erstmalig zu Wort.

»Hallo erst mal.«

»Ja. Hi. Wann habt ihr diese Fisch-Sache ausgeheckt?«

»Irgendwann zwischen Schneemann Nummer drei und Schneemann Nummer vier, glaube ich. Becks meinte, er sähe aus wie Nemo. Und dann wollte sie einen Fisch.«

Er zuckte mit den Schultern, als wäre es das Normalste von der Welt.

»Ja dann.«

Sie hatte den Satz noch nicht ganz zu Ende gesprochen, als Rebecca schon jubelnd vor Damien auf und ab hüpfte.

»Ich darf! Ich darf!«

Ihre Mutter musste tatsächlich zweimal hinschauen, weil dies ein ziemlich untypisches Verhalten für sie war, das einfach mehr zu Libby passte.

»Dann hol deine Jacke, Becks. Ich muss später noch ein bisschen arbeiten.«

Mit einem Strahlen verließ die Kleine den Raum. Spätestens jetzt war sich Samantha sicher, dass sie gar nicht Nein hätte sagen können. Sie fischte einen der Ersatzsitze aus dem Flurschrank und reichte ihn Damien. Obwohl sie sich erst kurz kannten, vertraute sie ihm. Schließlich würde sie nicht jedem ihr Kind mitgeben.

»Wo steckt denn meine kleine Prinzessin?«

»Die hast du gerade die Jacke holen geschickt?«

»Sag das nicht zu laut, Becks mag es nicht, wenn ich sie so nenne. Ich meinte eigentlich Libby.«

»Die ist in ihrem Zimmer und verkleidet sich. Vermutlich gerade als Prinzessin.«
Samantha deutete mit dem Kopf nach oben, wo sich neben Isabelles Reich auch die Kinderzimmer befanden.

»Meinst du, ich kann kurz Hallo sagen?«
Samantha ließ ihn mit einem Nicken passieren und beobachtete, wie er mit großen Schritten immer zwei Stufen auf einmal nahm. Vielleicht, aber nur ganz vielleicht riskierte sie dabei einen kurzen Blick auf seine äußerst ansehnliche Kehrseite.

»Fertig.«
Rebecca tauchte wie aus dem Nichts wieder auf und ihre Mutter zuckte ertappt zusammen.

»Er ist noch kurz bei Libby.«

»Aber warum? Wir nehmen sie nicht mit.«
Da war aber jemand fest entschlossen.

»Er will nur ›Hallo sagen‹, Maus.«
Kurz darauf stieg er auch schon wieder grinsend die Treppe herunter.

»So«, er klatschte in die Hände, »dann wollen wir mal einen Fisch kaufen gehen.«

Damien zwinkerte Samantha zu, die gerade von einem warmen Gefühl überflutet wurde, das sie zunächst erst einmal einordnen musste. Er ging so selbstverständlich mit ihren Zwillingen um, dass es ihr das Herz aufgehen ließ und Sehnsüchte weckte, die sie seit Jahren versuchte zu unterdrücken.

Außer Joshua und Samanthas Vater hatten die Twins keine männliche Bezugsperson und sie sehnten sich so nach Damiens Aufmerksamkeit, dass es Samantha im Herzen schmerzte. Ihnen fehlte eine Vaterfigur und Samantha fehlte ein Partner, mit dem sie all das teilen und erleben konnte.

Eine Dreiviertelstunde später war das Haus um ein Familienmitglied reicher. Samantha staunte nicht schlecht, als ihre Tochter mit einem Nanoaquarium und einem Kampffisch durch die Tür stolzierte. Natürlich hatte sich die Dreijährige nicht für einen süßen Goldfisch entscheiden können. Nein, es musste ein Kampffisch sein, der nun aufgrund seiner Kämpfernatur ein Einzelgängerdasein genoss.

Nach einer Schnelleinweisung in Aquarienpflege hatte Damien Samantha einen Ratgeber und Fischfutter in die Hand gedrückt.

»Pass gut auf ihn auf, Becks. Ich schau bald wieder nach euch«, verabschiedete er sich und verschwand.

Als Isabelle am Abend von der Arbeit kam, wurde sie direkt von Libby abgefangen und über alles Neue aufgeklärt.

»Damien hat Rebecca einen Fisch gekauft und ich bekomme einen Hamster, wenn Mommy Ja sagt.«

Samantha und Isabelle schauten sich gleichzeitig an.

»Einen Hamster? Wann wolltest du mich denn bitte danach fragen?«

»Rebecca hat einen Fisch, dann darf ich einen Hamster.«

Die Ärmchen ihrer Tochter kreuzten sich entschlossen vor ihrer Brust und sie stampfte mit einem Fuß auf.

»Darüber sprechen wir noch, Schatz.«

Ein bedeutungsschwerer Blick in Isabelles Richtung sollte sie animieren, ihren Typen an die Leine zu nehmen. Diese fing an zu lachen und riss den Rest der Bande mit sich.

»Ich sagte doch, dass er einfach immer macht, was er will.«

»Ich glaube, da sollten wir uns nachher noch einmal in Ruhe drüber unterhalten. Hast du heute Abend schon ein sexy Date oder Zeit für einen Mädelsabend? Ich werde das Gefühl nicht los, dass wir den nun regelmäßiger einberufen müssen.«

»Mit Maske, Döner und DVD?«

»Alles, was du willst, Süße!«

Isabelle strahlte.

»Abgemacht!«
Samantha war froh darüber, wieder häufiger Zeit mit ihrer Freundin verbringen zu können. Denn obwohl sie zusammen wohnten, hatte sie doch manchmal das Gefühl, dass sie sich voneinander entfernten, dass sie nicht mehr genug aus Isabelles Leben mitbekam. Ihre Freundschaft war etwas so Wertvolles. Sie funktionierte glücklicherweise auch, wenn sie sich nicht täglich auf die Pelle rückten. Jede für sich war ein Freigeist. Oft mit sich selbst beschäftigt, im Alltag gefangen oder einfach von einer Laune angetrieben. Es wurde Zeit, das Band zwischen ihnen etwas zu pflegen, damit alles so blieb, wie es war.

Singen statt suchen

*I*sabelle machte sich auf den Weg ins *Add-Music*, Joshuas Plattenladen. Zwar brauchte sie keine neuen CDs, sie besuchte ihren besten Freund aber seit einem halben Jahr wieder regelmäßig dort. Ihr stand der Sinn nach ein wenig Normalität und Ruhe.

Dem *Add-Music* hatte sie damals seinen Namen gegeben. Das Wortspiel aus Joshuas Nachnamen Addison, machte sie jedes Mal stolz, wenn sie das Leuchtschild von Weitem entdeckte. Das hätte vermutlich nicht einmal Mr. Imageberater besser hinbekommen.

Zweieinhalb Wochen waren nun schon vergangen. Zweieinhalb Wochen, in denen ihr Damiens andauernde Präsenz auf der Arbeit und in ihrem Zuhause ein Gedankenchaos an das nächste bescherte. Wenn sie seine Nachrichten ignorierte, hatte er es sich zur Aufgabe gemacht, sie im Studio zu überfallen. Zweimal hatte sie sich bereits in seinen Armen wiedergefunden, wo er eine nicht jugendfreie Kusseinlage zum Besten gegeben hatte. Überraschenderweise war ihr Körper nicht annähernd so empört über diese Übergriffe gewesen, wie ihr Verstand. Ihre Lippen empfingen die seinen ohne Verzögerung und öffneten sich ihm. Auch ihr atemloser

Protest, der alleine aus Prinzip folgen musste, war gerade aufgrund jener Atemlosigkeit nicht wirklich überzeugend. Dieser Teufel.

Seitdem beantwortete sie seine neckischen Nachrichten deutlich regelmäßiger. Reiner Eigenschutz.

In seiner Nähe kam Isabelle sich regelrecht schizophren vor. Ihr Kopf war nicht derselben Meinung wie ihr verräterischer Körper. Dieser Umstand beschäftigte sie zunehmend. Außerdem hatten sie immer noch keinen Sex. Verdammt lange zweieinhalb Wochen, in denen sie ihn von der ersten Sekunde an gewollt hatte. Mit einer unwirschen Handbewegung verscheuchte sie die lästigen Gedanken wie ein Insekt. Hier, in Joshuas Laden, würde er sie ganz sicher nicht finden.

»Hey Josh!«

Die Eingangstür knarzte, als sie hinter ihr ins Schloss fiel, und lenkte Joshuas Aufmerksamkeit direkt in ihre Richtung. Er strahlte über das ganze Gesicht. Seine Freude über ihren unangekündigten Besuch sprach aus jeder Pore und ließ ihr Herz für einen kleinen Moment flattern. Aber nur so lange, bis sie sich wieder bewusst machte, warum sie beide seit zwei Jahren kein Paar mehr waren. Trotzdem war er immer schon ein großer Bestandteil ihres Lebens. Wenn sie es weiterhin schafften, freundschaftlich miteinander umzugehen, würde das auch so bleiben. Sie kannten einander in- und auswendig und nur bei ihm verspürte sie diese Ruhe, nach der es sie jetzt verlangte.

Siebziger-Jahre-Charme und ein etwas eigenwilliger Geruch nach altem Leder empfingen sie zusammen mit Josh.

»Hey Isa, schön dich zu sehen.«

Er kam auf sie zu und zog sie in eine lockere Umarmung. Sie zögerte kurz, entspannte sich dann aber wieder und erwiderte die Geste. Es war nur Josh. Immer noch Josh. Auch wenn sie sich an den vertrauten Umgang erst wieder gewöhnen musste. Sie blickte in sein Gesicht, das von dunklen, etwas zu langen Haaren umrahmt war. Sie kräuselten sich leicht im Nacken und fielen ihm dauernd in die Stirn, sodass er sie fleißig hinter sein Ohr schob. Seine Augen leuchteten in einem Honigbraun und schauten sie so offen und ehrlich interessiert an, dass sie sich auf der Stelle wünschte, sie hätte ebenfalls ihre Erinnerungen verloren und könnte die letzten zwei Jahre einfach auslöschen. Joshua war stets ihr Gefährte gewesen, ihre sichere Basis. Sie trennte sich von ihm und konnte ein Seufzen nicht unterdrücken.

»Hey, alles in Ordnung bei dir?«

»Ja. Alles klar. Und bei dir?«

Er schenkte ihr sein schönstes Lächeln.

»Wie könnte es mir schlecht gehen, jetzt wo du hier bist?!«

»Ach, du.«

Isabelle boxte ihm spielerisch gegen die Schulter. Joshua schmeichelte ihr immer wieder. Und an Tagen wie heute, wo ihr Kopf sowieso schon unaufhörlich arbeitete und die wildesten Gedanken und Gefühle in Einklang zu bringen versuchte, war es ihr manchmal zu viel. Es erinnerte sie immer wieder unwillkürlich an den Grund ihrer Trennung. Einen Grund, den Joshua vergessen oder verdrängt hatte und den sie ihm auf keinen Fall erzählen konnte. Früher oder später würde er sich wieder erinnern und das wäre dann auch der Moment, in dem er seine Bemühungen wieder einstellen wird.

»Am Tresen wartet ein Kunde auf dich, geh ruhig hin. Ich laufe dir nicht weg.«
Sie war froh über ein paar Minuten Atempause, die ihr das verschaffen würde, um ihre Emotionen zu sortieren.

Isabelle stöberte in dem Regal für neu eingetroffene Musiktitel und drehte sich um, als sie jemanden singen hörte. Der Kunde vorne am Tresen gab gerade eine schräge Version von ›Quanta na mera‹ zum Besten und Isabelle lauschte sprachlos. Joshua schien kurz zu überlegen und zog dann eine CD aus einem Stapel, die er dem singenden Kunden reichte. Isabelle betrachtete ihn nun etwas eingehender. Rein altersmäßig schätzte sie ihn auf Mitte fünfzig, obwohl sie nicht sehr gut in so etwas war.

Als er abermals anfing, einen Song zu trällern, den sie dieses Mal nicht erkannte, musste sie sich stark zusammenreißen, um nicht laut loszulachen. Joshua kramte erneut nach einer CD und der Möchtegern-Sänger wechselte zum nächsten Lied. Das ganze Spektakel dauerte mehrere Minuten und

74

Isabelle war erstaunt darüber, dass dies nur ihr etwas seltsam zu sein schien. Die drei anderen Musikinteressierten im Laden stöberten unbeirrt weiter und Joshua selbst blickte vollkommen unbeeindruckt vor sich hin.

Ein paar weitere Minuten und vier Songs später bezahlte der Kunde fröhlich seine Errungenschaften und verließ freundlich grüßend und pfeifend das *Add-Music*. Isabelle sah ihm sprachlos hinterher und drehte sich nun zu Joshua um.

»Der war schräg, nicht wahr?«

»Ach der. Ich mag ihn irgendwie. Vor ein paar Monaten kam er in den Laden und fragte mich nach meinen Verletzungen. Ich habe ihm erzählt, was ich von dem Unfall noch wusste, auch wenn es nicht viel war, und dann hat er mir zum ersten Mal vorgesungen und gefragt, ob ich den Song auf CD habe. Er ist Legastheniker und geht da sehr offen mit um. Ich finde, er ist voll der Knaller. Seitdem kommt er regelmäßig und kauft immer fünf CDs.«

»Okay, das macht Sinn.«

Isabelle schweifte mit ihren Gedanken ab und dachte an den Tag vor ziemlich genau sechs Monaten, als sie den Anruf aus dem Krankenhaus bekommen hatte. Joshua war damals aufgewacht und hatte immerzu ihren Namen gerufen, bis die Schwestern sie ausfindig machen konnten. ›Unfall‹ nannten sie es, weil keiner genau sagen konnte, was eigentlich passiert war. Seine Erinnerungen an den Abend waren komplett ausgelöscht. Er war im Krankenhaus mit Prellungen am Arm, den Rippen und einer Kopfverletzung aufgewacht. Seine Wunden waren relativ schnell versorgt, aber er hat immer noch große Gedächtnislücken, die sich auf den Zeitraum der letzten zwei Jahre beschränken. Das schloss das Ende ihrer Beziehung mit ein und brachte Isabelle seitdem fast täglich an ihre Grenzen. Sie konnte ihm einfach nicht den Grund ihrer Trennung nennen. Vielleicht war es egoistisch, vermutlich auch falsch, aber sie konnte sich diesem Gespräch einfach noch nicht stellen. Jedes Mal, wenn sie sich sahen, hoffte und bangte sie gleichermaßen, dass seine Erinnerungen zurückkommen mögen und ihr dieses Gespräch ein zweites Mal erspart bliebe. Sie bemerkte, dass er sie musterte, und versuchte, in ihren Gedanken zu lesen. Schließlich wandte sie den Blick ab. Aus Angst, er könnte in ihren Kopf schauen, wie er es früher immer vermocht hatte.

Ein sehnsüchtiges Ziehen breitete sich in ihrem Magen aus. Sie vermisste ihn auf eine Art und Weise, die nur er zu füllen vermochte, und doch war da diese unsichtbare Grenze zwischen ihnen, die Isabelle ganz bewusst gezogen hatte und auch strikt einhielt. Denn mehr als Freundschaft konnte es nie wieder zwischen ihnen geben. Und auch diese stand auf wackligen Beinen und konnte jeden Moment einstürzen wie ein Kartenhaus, wenn sie die Grenzen nicht einhielten. Josh blickte ihr auffordernd aus seinen so vertrauten braunen Augen entgegen. Er wusste, dass sie getrennt waren. So viel hatte sie ihm erklären müssen. Auch wenn er es nicht wirklich einsehen wollte, würde er den Grund dafür früher oder später verstehen. Er bemühte sich um sie, ohne dabei aufdringlich zu sein. Isabelle hatte oft das Gefühl, dass ihm ihre reine Gegenwart schon ausreichte, um glücklich zu sein. Deshalb kam sie regelmäßig her und auch, weil sie ihn als Mensch einfach unheimlich vermisste.

»Du wirkst so nachdenklich, Isa. Hast du was?«

»Nein, ist alles gut. Und bei dir?«

»Sind wir über den Smalltalk nicht schon hinaus?«

Er beäugte sie eindringlich. In diesem Moment war das innige Gefühl so überwältigend präsent, dass sie das *Add-Music* dringend verlassen musste. Sie verabschiedete sich unter einem Vorwand und versprach, ihn in zwei Tagen ins Kino zu begleiten. Freunde machten so was. Kino war okay.

Zu Hause angekommen merkte Samantha ihr direkt an, dass sie aufgewühlt war und setzte einen Kaffee auf.

»Mit Milch?«, fragte sie hoffnungsvoll.

»Schwarz.«

Diese Antwort sagte weit mehr als den Zustand ihres Wunschkaffees aus. Das wussten sie beide.

»So schlimm?«

»Ach, ich weiß es doch auch nicht. Immer wenn ich zu Josh fahre, fühle ich mich wie eine Verräterin, und wenn ich nicht hinfahre, geht es auch keinem besser damit.«

Isabelle ließ sich auf einen der Stühle plumpsen und nahm dankbar ihre Tasse entgegen. Samantha schüttete gedankenverloren drei Löffel Zucker und viel zu viel Milch in ihren Kaffee. Sie trank ihn immer so. Manchmal beneidete Isabelle sie dafür, denn sie mochte ihn nur milchig-süß, wenn ihre Laune unbeschwert war. Was in letzter Zeit einfach selten der Fall gewesen war.

»Meinst du nicht, dass du langsam mit ihm reden solltest? Anfangs haben wir alle noch gedacht, dass seine Erinnerungen schnell wiederkommen würden, aber seitdem ist bereits ein halbes Jahr vergangen. Was ist, wenn er sich nie daran erinnert? Du weißt, dass er dich immer noch liebt. Das ist nicht fair, Isa.«

»Ich weiß.«

Das war das Einzige, was sie darauf entgegnen konnte, denn ihre Freundin hatte recht, und dennoch war sie einfach noch nicht bereit für diese Konfrontation. Dankbar über die Unterbrechung ging sie an ihr klingelndes Handy, ohne überhaupt auf das Display zu schauen.

»Hey Prinzessin, heute Abend schon was vor?«

Sie schnaubte. Beinahe hätte sie direkt abgelehnt, aber ein bisschen Ablenkung von ihrem Gedankenwirrwarr konnte sie durchaus gebrauchen, und Damien war der Meister der Zerstreuung. Welche Ironie. Jetzt brauchte sie Ablenkung von der

Ablenkung und so schloss sich der Kreis, der sie mittlerweile mit einem Drehwurm zurückließ.

Es klingelte an der Tür nur gefühlt fünf Minuten später, nachdem sie das Gespräch beendet hatte. Samantha hatte ihr noch einen wissenden Blick über die Schulter zugeworfen und sich dann zurückgezogen.

Isabelle öffnete die Tür und versank in den wunderschönen grünen Augen eines Mannes, der einen Plan zu haben schien. Entschlossen trat er einen Schritt auf sie zu, packte ihre Taille mit beiden Händen und drückte ihr einen feurigen Kuss auf die Lippen. Sie war etwas überrascht von dem Übergriff, der so schnell vorbei war, dass sie gar nicht angemessen reagieren konnte. Von seiner Nähe und seinem Duft berauscht, stand sie einen Moment sprachlos da. Ihr gefiel, dass er die Initiative ergriffen hatte. Insgeheim stand sie auf Männer, die sich nahmen, was sie wollten, und sie war absolut süchtig nach seinem Grübchen, das sich immer zeigte, wenn er sie wissend anlächelte.

Joshua war stets zurückhaltend, abwartend und vorsichtig gewesen. Die anderen Typen taten im Prinzip, was sie wollte. Damien war der Erste, der sie reizte, sich fallen zu lassen. Obwohl dies ein gefährliches Unterfangen war. Er strahlte Stärke aus. Die Zuversicht, dass alles gut werden würde, und seine sexuelle Energie übertrugen sich ohne Umwege direkt auf sie. Hinterließ sie schmachtend und mehr als begierig darauf zu erfahren, wie es mit ihm sein würde. Das Spiel zwischen ihnen dauerte schon viel zu lange. Heute wollte sie sich in ihm verlieren. Unverschleierte Lust färbte ihre Wangen rötlich und brachte Damien zum Lächeln.

»Hallo Belle. Lässt du mich rein, oder soll ich dich gleich hier im Eingang nehmen?«

Eine weitere Hitzewelle flutete ihren Körper und produzierte das passende Bildmaterial für ihr Kopfkino. Ein verlockender Gedanke. Sie grinste schief und ließ ihn passieren.

Als er an ihr vorbeiging, streifte sein Arm ihre Körperseite. Funken sprühten.

Im Wohnzimmer angekommen drehte er Isabelle an der Hüfte zu sich und zog sie zwischen seine angewinkelten Beine. Damien hatte sich an die Rücklehne eines Sessels gelehnt und verschlang sie mit seinen Blicken. Der Streit vom letzten Mal schien vergessen. Nur die Erregung war geblieben und drohte sie beide mitzureißen. Forschend wanderten seine Hände tiefer und umfassten ihren Po. Er stöhnte kurz auf und zog sie noch näher zu sich heran. Zärtlich knabbernd machte er sich über ihr freigelegtes Schlüsselbein und den dargebotenen Halsansatz her. Isabelle war so erregt, dass sie immer noch keinen Satz gesagt hatte. Ihre körperlichen Reaktionen in Form von aufgestellten Nippeln, die drängend gegen ihren BH stießen, und ihr vorgeschobenes Becken mussten als Antwort genügen. Langsam schmolz sie seinen Liebkosungen entgegen. Seine Stimme klang rau und belegt, als er sich kurz von ihr löste.

»Du bist so still heute. Was ist aus meiner kleinen Kampfziege geworden?«

Er sagte es so liebevoll, dass es unmöglich als Beleidigung durchgehen konnte und sie zum Schmunzeln brachte.

»Vielleicht ist mir heute einfach nicht so sehr nach reden. Oder streiten.«

Mit gesenktem Blick schaute sie ihn verführerisch an. Durch seine Position war er mit ihr auf Augenhöhe.

»Das ist gut.«

Er küsste die Stelle hinter ihrem Ohrläppchen und knetete behutsam ihr Hinterteil.

»Das ist sehr gut.«

Damiens wachsende Begeisterung drängte gegen seinen Hosenschlitz und ließ ihn aufkeuchen, als Isabelle ihn wie zufällig berührte, bevor sie ihre Arme um seinen Nacken schlang, um ihn erneut verlangend zu küssen.

Seine Augen leuchteten erwartungsvoll, bis die Türklingel die Spannung unterbrach und ihn die angehaltene Luft ausstoßen ließ.

»Erwartest du noch jemanden?«

Die Enttäuschung konnte er nicht ganz verbergen, als Isabelle sich von ihm löste, um zur Tür zu gehen.

»Eigentlich nicht.«

Sie war froh, dass Damien im Wohnzimmer geblieben war. Auch wenn sie ihn mit einem bedauernden Blick zurückgelassen hatte. Denn als sie die Tür öffnete, verschlug es ihr kurz die Sprache.

»Josh.«

»Ich bin direkt gekommen, nachdem ich den Laden zugemacht hatte. Irgendwas beschäftigt dich, Isa. Ich wollte dich so nicht gehen lassen.«

Er trat einen Schritt auf sie zu, zerrte sie in seine Arme, wie er es bereits vor ein paar Stunden getan hatte, und drückte ihr einen zaghaften Kuss auf den Scheitel. Er war ein bisschen kleiner als Damien, aber immer noch groß genug, um sie weit zu überragen und vollkommen in seiner Umarmung zu versenken.

Isabelle spürte Damiens Blick in ihrem Rücken, bevor sie ihn sehen konnte. Joshua hob seinen Kopf, löste sich ein wenig von ihr und starrte über ihre Schulter hinweg. Er fixierte Damien, als wäre dieser der Eindringling und nicht er selbst. Sie wusste im ersten Moment nicht, wie sie reagieren sollte. Diese Situation hatte sie die letzten Monate erfolgreich verhindern können. Es war ganz untypisch für Joshua, dass er unangekündigt auftauchte, zumindest seit ihrer Trennung. Als sie merkte, wie er sich neben ihr zunehmend versteifte und der stille Vorwurf in ihren Ohren dröhnte, machte sie einen Schritt zurück und blickte Damien an. Dieser musterte seinen vermeintlichen Konkurrenten und sie konnte nicht einschätzen, was er von der

Situation hielt. Weitere Sekunden verstrichen, bevor sie etwas sagen konnte.

»Was will der hier?«, mokierte sich Josh brüsk.
Isabelle war verärgert über den abfälligen Tonfall und diese barsche Ansage. Damien starrte weiter herausfordernd in ihre Richtung, ignorierte sein Gegenüber und wollte sie scheinbar zu einer Entscheidung zwingen. Er oder ich schrie es förmlich aus seinen Augen. Erst als er wutschnaubend seine starre Körperhaltung aufgab und in Richtung Haustür losstürmte, war Isabelle zu einer Reaktion fähig.

»Nein. Gib mir zwei Minuten. Ich bin gleich wieder bei dir.«
Damiens Schultern sackten ein Stück nach unten und er schien sich ein wenig zu entspannen. Auch wenn der Ausdruck in seinen Augen weiter lauernd blieb.

»Du kannst hier nicht einfach auftauchen und meinen Besuch beleidigen.«
Sie widmete ihrem einstigen Geliebten nun ihre Aufmerksamkeit und versuchte ihn rückwärts durch die immer noch geöffnete Tür zu bugsieren. Dieses Mal würde sie ihm wehtun müssen. Das konnte sie in seinen Augen sehen, als sie ihn sanft weiterschob.

»Aber ...«

»Nein, nichts aber. Wir sehen uns übermorgen. Mit mir ist alles in Ordnung. Mach dir keine Gedanken, okay?!«

Grenzen. Sie musste eine Grenze setzen.

»Isa. Ich ... Es tut mir leid.«

Sein bittender Ausdruck war zu viel für ihre mühsam errichtete Mauer, weshalb sie sich zu einer kurzen Umarmung hinreißen ließ, bevor sie ihn verabschiedete.

Damien stand immer noch an derselben Stelle, als sie sich umdrehte, und starrte sie an, als wäre ihr gerade ein zweiter Kopf gewachsen. Langsam stieg Wut in ihr auf. Warum sollte sie sich immer für alles und jeden schuldig fühlen? Warum musste sie sich laufend rechtfertigen?

»Was ist?«

Ihren Tonfall als bissig zu bezeichnen, wäre vermutlich die Untertreibung des Jahrhunderts gewesen. Sie war vollkommen neben der Spur. Noch vor ein paar Minuten war sie kurz davor gewesen, mit Damien zu schlafen. Ihre pochende Mitte erinnerte sie schmerzhaft daran, dass sie trotz allem immer noch unglaublich scharf auf ihn war. Auf absurde Weise turnte sie sein besitzergreifendes Verhalten sogar an. Was bei jedem anderen abschreckend oder lächerlich gewirkt hätte, war bei ihm einfach nur heiß. Sie wollte ihn jetzt umso mehr. Seine vor der Brust gekreuzten Arme kündigten einen gewissen Widerstand an und dennoch konnte sie sehen, dass die Beule in seiner Hose immer noch Hoffnung auf Sex ausstrahlte.

»War das Mr. Oktober, oder mit wem hatten wir gerade die Ehre?«

Isabelle stutzte kurz.

»Das war mein Ex-Freund. Joshua.«

Etwas blitzte in seinen Augen und es sah aus, als würde er einen inneren Kampf ausfechten.

»Weiß er auch, dass er dein Ex-Freund ist? Auf mich hatte es nicht den Eindruck, als wäre er mit diesem Titel besonders einverstanden.«

Wie sehr sie sich in diesem Moment wünschte, die blöde Türklingel einfach ignoriert zu haben. Sie könnten längst ineinander verschlungen und stöhnend in ihrem Bett liegen.

»Ja. Er weiß es. Ich habe ihn weggeschickt. Was willst du noch von mir, Damien?«

»Was ich von dir will? Hast du dir schon mal überlegt, was du von mir willst? Ich meine, er und ich ... Also unterschiedlicher geht es kaum. Hast du dir seine Augen angesehen. Er schminkt sie doch? Sein ganzes Auftreten schreit förmlich nach Fucking-Rockstar. Was also willst du von mir? Denn ganz offensichtlich ist da noch irgendwas zwischen euch und ich bin mir sicher, dass er dir gerne seine Sexdienste anbieten würde.«

Da war aber jemand angepisst. Hinter all dem Zorn versteckt konnte sie aber noch etwas anderes heraushören. Hatte Joshs Auftritt ihn etwa verunsichert? Wusste er wirklich nicht, wie verdammt gut er aussah?

»Vielleicht will ich dich gerade, weil ihr euch so überhaupt nicht ähnlich seid.«

Sie bewegte sich hüftschwingend ein paar Schritte auf ihn zu und seine Pupillen weiteten sich.

»Vielleicht will ich dich auch, weil du wahnsinnig scharf aussiehst, wenn du sauer bist. So wie jetzt.«

Isabelle stand direkt vor ihm und er schien immer noch zu überlegen, ob es nicht besser wäre, einfach wieder zu verschwinden. Dieses Mal würde sie ihn nicht einfach so davonkommen lassen. Sie brauchte ihn jetzt. Wollte ihn so sehr, dass es ihr selbst Angst einjagte.

Isabelle löste seine verschränkten Arme und schmiegte sich an ihn wie eine Katze. Sie spürte die hektische Bewegung seines Brustkorbs an ihren eigenen Brüsten. Ihre Hände wanderten an seinen Armen entlang, die Schultern hinauf bis zu seinen Haaren. Sanft zog sie daran und ein Keuchen löste sich aus seiner Kehle. Sein Atem ging stoßweise und sie konnte seinen beschleunigten Herzschlag spüren. Der Puls vibrierte an seinem Hals. Isabelle küsste die Stelle, an der sie das Pochen deutlich erkennen konnte, und flüsterte in sein Ohr: «Ich will dich, Damien.«

Mehr Aufforderung brauchte er nicht. Mit einem Knurren packte er sie an den Hüften und trug sie hinauf in ihr Zimmer.

Postkoitale Gespräche

»Das war ziemlich überwältigend, Mr. Wendt.«

Ohne es steuern zu können, grinste dieser breit von einem Ohr zum anderen. Der dritte Orgasmus schien Belle restlos von seinen Fähigkeiten überzeugt zu haben. Damien sank, immer noch selig grinsend, zufrieden in die Kissen. Mit ihrem Duft in der Nase und überall auf sich konnte er sie noch auf seiner Zunge schmecken. Seine Finger prickelten bei der Erinnerung ihrer weichen Haut, die er überall berührt hatte. Belle war wie für ihn geschaffen. Ihre feuchte Enge hatte ihn beinahe um den Verstand gebracht und ließ ihn genüsslich seufzen. Er drehte sich auf die Seite und betrachtete ihren nackten Körper, der immer noch vollkommen ermattet auf dem Bett ausgestreckt lag. Sie bedeckte ihn nicht, was ihn freudig stimmte. Federleicht strich er mit seinen Fingerkuppen über ihre Hüfte, den Bauch entlang bis hin zu ihren anbetungswürdigen Brüsten. Er hatte wahrlich schon einige Naturwunder und auch chirurgisch nachgeholfene Prachtexemplare in den Händen gehalten. Aber diese hier waren einfach nur perfekt. Belle war schlank und schmal gebaut, aber ihre Brüste waren voll und hatten für seinen Geschmack die absolut passende Größe. Alles an ihr schien zu gut, um wahr zu sein. Auch wenn er sie noch nicht besonders gut kannte, konnte er das stetige Kribbeln, das er in ihrer Nähe spürte, nicht länger ignorieren. Der Reiz des Unerreichbaren war einem anderen, tieferen Gefühl gewichen. Er war dabei, sich zu verlieben. In die einzige Frau, die scheinbar nur ihren Spaß wollte.

Aber warum war das so? Mit ihrem Ex-Freund schien sie eine echte Beziehung geführt zu haben, und zu seinem Bedauern standen sie sich immer noch sehr nahe. Zu nahe für seinen Geschmack. Nicht zum ersten Mal wunderte er sich über das starke besitzergreifende Gefühl, das ihn bei dem Gedanken an den unerwarteten Besuch durchströmt hatte.

Er verdrängte die ungewollte Regung und konzentrierte sich auf die Empfindungen, die sich mit jeder Berührung ihrer sanften Haut steigerten.

»Wie ist eigentlich eure lustige WG hier entstanden?«

Damien fing ein unverfängliches Thema an, dem Drang nachgebend, sie unbedingt besser kennenzulernen. Nichts wäre jetzt schlimmer für ihn, als wenn sie ihn von sich stieß und nach Hause schickte. Zu seiner Erleichterung begann sie zu erzählen.

»Das hier war ursprünglich Sammys Elternhaus. Sie hat es übernommen, nachdem es ihren Eltern zu groß geworden war. Die beiden tingeln gerade in der Weltgeschichte umher und erfüllen sich einen

Lebenstraum. Ich bin vor zwei Jahren nach meiner Trennung von Josh hier eingezogen.«

Sie beobachtete seine Reaktion auf das Gesagte, das konnte er deutlich spüren.

»Dann habt ihr zusammen gelebt? Du und der Rockstarverschnitt.«

Er wollte seinen Namen nicht aussprechen. Eigentlich wollte er überhaupt nicht, dass er einen Platz, wenn auch nur einen imaginären, in ihrer kleinen postkoitalen Blase bekam. Damien ahnte, dass er nicht oft Gelegenheit bekommen würde, mehr von ihr zu erfahren, daher war er bemüht, seinen Tonfall locker klingen zu lassen. Noch schien Belle entspannt genug, ihm ein paar Dinge zu erzählen, das wollte er nutzen.

»Ja. Wir waren eine halbe Ewigkeit zusammen. Aber das ist vorbei.«

Bekräftigend schaute sie ihm in die Augen und das Thema schien für sie beendet.

»Was ist mit Samantha?«

»Was soll mit Sammy sein?«

Sie stützte sich auf ihre Unterarme und musterte ihn nicht mehr ganz so erschöpft. Kurz war er abgelenkt von ihren wippenden Brüsten. Wenn er es nicht besser wüsste, konnte er denken, dass sie eifersüchtig war. Von dieser Eingebung regelrecht beflügelt drückte er ihr einen zärtlichen Kuss auf den Mundwinkel und knabberte verlangend an ihrer Unterlippe. Ihr Körper reagierte sofort und ließ ihn triumphierend grinsen.

»Gibt es einen Mann in ihrem Leben?«

»Nicht seit Ben befürchte ich. Er war so ein Arsch. Wenn ich den jemals zwischen die Finger bekomme, kann er was erleben.«

Besänftigend legte Damien ihr seine Hand an die Wange, schob sie in ihren Nacken und zog Isabelle näher an sich heran. Er flüsterte gegen ihre Lippen: »Du bist auch ziemlich heiß, wenn du wütend bist.« Dann biss er ihr in die Unterlippe und ließ sie aufstöhnen.

Es gab eine Zeit für Gespräche und es gab eine Zeit für all die anderen schönen Dinge. Jetzt wollte er sich noch einmal in ihr verlieren. Damien drehte sich mit ihr zusammen, sodass sie auf seinem Körper lag, der bereits vor Erregung bebte. Immer wieder küsste er jede Stelle ihres Gesichtes und inhalierte ihren Duft.

»Wie ich sehe, bist du bereit für die nächste Runde.«

»So was von bereit, Prinzessin.«

»Und ich darf diesmal führen?«

Eine erhobene Augenbraue unterstrich ihre Frage. Damien schob ihren Oberkörper ein Stück nach oben und betrachtete ihre aufgestellten Nippel. Der leichte Schweißfilm ließ ihren Körper glänzen. Mit seiner Zunge befeuchtete er seine trockenen Lippen und ihr Blick schoss sofort zu seinem Mund.

»Ich bestehe darauf.«

»Warum noch mal gehen wir gerade zusammen mit Russel spazieren?«

Isabelle schnaubte und war immer noch sauer darüber, dass ihr Kurzzeitlover sich dauernd in ihre Angelegenheiten einmischte und sich einfach nicht abwimmeln ließ, selbst wenn es nur ums Gassigehen ging. Er akzeptierte ihre Grenzen nicht. Manchmal hatte sie das Gefühl, er würde sie extra provozieren.

»Ich weiß nicht, wo das Problem ist, Belle. Du wolltest mit Russel raus. Es ist stockduster draußen und ich wollte dich gerne ein Stück begleiten, bevor ich in meine Richtung abbiege.«

Seine Miene war dermaßen unschuldig, dass sie ihm sogar fast glauben könnte, wenn sie ihn denn mittlerweile nicht viel besser kennen würde.

Vorwurfsvoll deutete sie mit dem Kopf auf ihre ineinander verschränkten Finger. Das fühlte sich alles viel zu gut und vertraut an. Sie war sich ziemlich sicher, dass sie das nicht wollte, auch wenn ein lächerlich kleiner Teil von ihr das aufgeregte Flattern genoss, das sich über ihren Arm im ganzen Körper ausbreitete.

»Warum kannst du meine Grenzen nicht einfach akzeptieren, Damien?«

»Du meinst deine seltsamen Regeln?«

Er zog seinen rechten Mundwinkel hoch und schenkte ihr ein schiefes Lächeln inklusive Suchtfaktor-Grübchen.

»Siehst du, du kannst nicht mal meine Wortwahl akzeptieren«, maulte sie, beließ aber ihre Hand dort, wo sie war, und schwelgte noch ein wenig in diesem neuen Gefühl, das sie seit dem fantastischen Sex wie auf Wolken schweben ließ. Diese Nähe gefiel ihr und machte ihr gleichzeitig Angst. Seine berauschende Präsenz ließ sie beinahe vergessen, dass sie keine Beziehung wollte.

Abrupt blieb Damien stehen und zerrte an ihrer Hand, bis ihr Körper an seiner Brust landete. Sie atmete tief ein, inhalierte seinen Duft und fühlte die Wärme seiner Haut unter ihrer Hand, die sie instinktiv schützend auf seinen Brustkorb gelegt hatte. Seine Augen glitzerten vom Licht der Laterne.

»Du bist der reinste Widerspruch, Belle. Ständig stößt du mich von dir, wenn wir uns gerade nahe sind, obwohl ich sehen kann, dass du eigentlich etwas anderes willst. Ich kann deinen Herzschlag bis hierhin rasen hören, dein Atem beschleunigt sich, wenn ich einen Schritt näher komme, so wie jetzt. Du bekommst am Arm eine Gänsehaut, wenn ich deine Hand ergreife. Wenn ich mich dann zu dir herüberlehne und mein Atem deine Lippen streift, so wie jetzt, dann öffnest du sie ganz unbewusst und willst, dass ich dich küsse, dich erobere und von dir koste. Mich in dir verliere.«

Sie starrten einander an. Ihr Mund wurde trocken, hastig befeuchtete sie ihre Lippen mit der Zunge und seine Worte kreisten in ihrem Kopf umher, spielten Ping-Pong in ihrem Hirn. Er vermochte ihre Reaktionen viel zu gut zu lesen. Sie löste sich wortlos und mit galoppierendem Herzen.

Damien seufzte ergeben, hob seinen Blick ein weiteres Mal und schaute ihr wissend in die Augen. Er musste bemerkt haben, dass seine Worte sehr nahe an der Wahrheit kratzten und sie durcheinanderbrachten. Isabelle ignorierte den unbändigen Drang, sich erneut fallen zu lassen und ihm nachzugeben, und lenkte ihre Aufmerksamkeit auf Russel.

Sie kamen an einem kleinen versteckten Haus vorbei. Plötzlich hielt er abermals inne.

»Da wären wir schon. Nun hast du mich doch ganz bis nach Hause begleitet.«

Russel schnüffelte aufgeregt am Gartenzaun des großzügigen Grundstücks. Isabelle staunte überrascht.

»Du hast ein Haus.«

Ihr stieg Hitze ins Gesicht und sie war plötzlich heilfroh über die Dunkelheit, die sie einhüllte.

»Sieht ganz so aus.«

»Mit weißem Gartenzaun.«

Das kam fast entsetzt und entlockte ihrem Gegenüber ein Lachen.

»Aus deinem Mund klingt das wie ein Verbrechen, Belle.«

»Ein Haus mit weißem Gartenzaun.«

Er starrte sie unschlüssig an.

»Okay, langsam wird es gruselig. Willst du mir damit irgendetwas sagen?«

»Versteckst du da drin deine Frau und einenhalb Kinder, oder warum besitzt jemand wie du ein Einfamilienhaus mit Garten?«

»Du hast den Zaun vergessen«, feixte er besserwisserisch und machte sich ganz offensichtlich über sie lustig.

Der Gedanke an seine heile, kleine Familie, die irgendwann in diesem Haus leben würde, und in der sie keine Rolle spielen würde, versetzte ihr einen heftigen Stich in der Brust. Was war nur los mit ihr?

»Ich würde vorschlagen, du kommst mit rein und überzeugst dich selbst davon, dass ich weder Frau, Kinder noch Haustiere besitze. Was meinst du?«

»Auf keinen Fall.«

»Es gibt auch keine fleischfressenden Pflanzen oder ansteckende Seuchen zu befürchten. Es ist nur ein Haus, Belle. Wo ist das Problem?«

Russel zog ungeduldig an der Leine und schubste sie ein Stück vorwärts, raus aus ihrer lethargischen Starre. Sie war erleichtert darüber und nutze die Gelegenheit, sich direkt zu verabschieden.

»Irgendwann bekomme ich dich schon so weit.«

Er küsste ihren Mundwinkel und wandte sich ab.

Was vermutlich wie ein Versprechen klingen sollte, dröhnte in ihren Ohren wie eine Drohung. Ein flaues Gefühl kroch ihren Magen hoch und ließ sie gleich ein wenig schneller gehen.

Neue und alte Freunde

*I*n Isabelles Gegenwart lernte Damien erstaunlich viel über sich und seine wirre Gefühlswelt. Was ihn allerdings genau dazu bewogen hatte, zwei Tage später unangemeldet vor ihrer Tür zu stehen, konnte Damien nicht genau sagen. Vielleicht war es die Tatsache gewesen, dass Belle ihn nach ihrem ersten gigantischen Sex nicht direkt vor die Tür gesetzt hatte. Zugegeben, die Ausrede, dass Russel dringend noch einmal Gassi gehen musste, war nicht weniger plump gewesen. Aber immerhin hatte sie damit bis nach der zweiten Runde gewartet und ihm so einen fast romantischen Spaziergang zu seinem Haus beschert. Jetzt wusste sie, wo er lebte, und er hoffte inständig, dass sie irgendwann von diesem Wissen Gebrauch machen würde.

Dieses triumphierende Gefühl hatte sich allerdings schnell wieder verflüchtigt, da sie seit Freitagabend auf keine seiner Kontaktversuche reagiert hatte. Weder die beiläufigen noch die anzüglichen Nachrichten entlockten ihr eine Antwort. Sein Handy blieb stumm und trieb ihn, der Verzweiflung nahe, zurück zu ihrem Haus.

Er wusste, dass sie an diesem Tag mit Josh verabredet war, nur hatte er keine Ahnung, um welche

Uhrzeit und was genau sie planten. Was er jedoch genau wusste, war, dass ihm das nicht gefiel. Seine Unwissenheit pflanzte böse Zweifel und Mordgelüste in sein liebeskrankes Hirn. So weit war es bereits mit ihm gekommen. Er lief ihr hinterher wie ein ausgesetzter Welpe, obwohl er sich ziemlich sicher war, dass Belle nicht auf weichgespülte Typen stand.

Was blieb ihm anderes übrig, wenn selbst seine Arbeit ihn nicht mehr abzulenken vermochte.

Der Auftrag im ›Form your body‹ war zu seinem Bedauern am Freitag zu Ende gegangen. Mit der schriftlichen Aufbereitung der eingeleiteten Maßnahmen hatte er sich den Samstag über beschäftigen können. Doch für den neuen Kunden, der ihn nächste Woche Donnerstag auf Geschäftsreise zwang, hatte er einfach keine Nerven mehr übrig gehabt.

Normalerweise störte es ihn nicht, am Wochenende ein paar Stunden zu arbeiten, das war der Preis der Selbstständigkeit, die dafür auch einige angenehme Seiten hatte. Heute jedoch sah er immer wieder Belle vor seinem geistigen Auge, wie sie sich verlangend unter ihm wand und seinen Namen stöhnte. Er wollte mehr davon und der Gedanke an die bevorstehende Reise, die seine mögliche Zeit mit ihr verkürzte, ärgerte ihn.

Damien brachte seinen beschleunigten Herzschlag unter Kontrolle, bevor er die Klingel drückte. Fast zeitgleich wurde die Tür aufgerissen und Libby stürmte heraus. Gefolgt von Rebecca, die ihn anstrahlte.

»Kommst du, um Nemo zu besuchen?«

Sie hatte diesem teuflischen kleinen Kampffisch tatsächlich den niedlichen Namen Nemo gegeben. Samantha trat hinter sie, bevor er zu einer Antwort ansetzen konnte. Sie hielt eine Leine in der Hand. Russel schnüffelte an seinem Hosenbein und er begrüßte den kleinen Hund, indem er ihm den Kopf kraulte.

»Hey.«

»Hi, ich wollte nur mal Hallo sagen.«

Ja, klar. Was Dämlicheres ist dir nicht eingefallen. Rebeccas Mundwinkel sanken enttäuscht nach unten.

»Und natürlich nach Nemo schauen«, ergänzte er rasch.

»Oh, wir wollten gerade eine kurze Runde mit Russel drehen.«

»Kein Problem. Ich komme mit.«, sagte er viel zu bereitwillig. »Ist Belle denn nicht da?«

Kurz lugte er in den Hausflur, als könnte er dort irgendetwas entdecken. Samantha folgte seinem Blick und zog die Tür dann ins Schloss.

»Nein, Isa ist bei einem Freund. Du solltest dir vielleicht angewöhnen, sie vorher anzurufen, wenn du nicht immer mit mir vorliebnehmen willst.«

Ihre Augen musterten ihn durchdringend, aber nicht unangenehm.

»Ach, ich verbringe gerne Zeit mit euch.«

Schließlich hatte er gewusst, dass Isabelle verabredet gewesen war, und wenn sie seine Nachrichten beantworten oder die Gespräche annehmen würde, hätte er auch die Chance, sich offiziell mit ihr zu verabreden. Allerdings tat sie nun mal selten, was er sich wünschte.

»Ja, klar.«

Samantha glaubte ihm kein Wort. An ihre Töchter gewandt ergänzte sie: »Lauft ihr schon mal rüber zu Mrs. Jenkins und holt Jill und Jen ab?«

»Nein, im Ernst. Ich finde, du bist viel mehr als ein Trostpreis und deine Töchter sind ebenfalls ziemlich cool.«

Samantha wurde rot und er freute sich insgeheim darüber, dass er diese Reaktion hervorgerufen hatte. Fühlte es sich doch äußerst heilsam für sein angekratztes Ego an, dass ihm sein Charme nicht vollends abhandengekommen war. Samantha war nicht plakativ sexy, aber nichtsdestotrotz oder gerade deswegen absolut umwerfend. Er hatte schon bei ihren vorherigen Begegnungen festgestellt, dass man sie einfach mögen musste. Sie war aufgeschlossen, freundlich und strahlte eine Wärme aus, in der man gerne versinken wollte. Ihre wilden, rot-braunen Locken breiteten sich ungezügelt über ihren ganzen Rücken aus. Dass sie ein ganzes Stück kleiner war als ihre Freundin, kaschierte sie erfolgreich mit hohen Absätzen. Ihre weiblichen Rundungen saßen definitiv an den richtigen Stellen, sofern er das aufgrund ihrer Kleidung beurteilen konnte. Er sah all das und bemerkte auch, wie ihre offenen Augen ihn taxierten. Dieser Blick löste aber keine Hitzewelle in ihm aus. Er machte ihn nicht kribbelig unter der Haut oder brachte sein Herz zum Stolpern.

Die Gewissheit traf ihn mit einer ungewohnten Wucht. Damien war einem Abenteuer eigentlich nie abgeneigt gewesen, aber seit er Belle getroffen hatte, wollte er nur noch sie. All seine Sinne waren auf diese eine Frau konzentriert. So sehr, dass er Schönheit zwar erkannte, aber mehr auch nicht.

Sein Lächeln fiel entschuldigend aus. Er hoffte, dass er mit seiner Schmeichelei nicht zu weit nach vorne geprescht war. Keinesfalls wollte er den Eindruck erwecken, dass ihm eine Frau nicht ausreichte. Dass Isabelle ihm nicht reichte. Samantha schien ihn auf ungewöhnliche Weise zu verstehen, ohne dass er sich weiter erklärte. Sie hakte sich bei ihm unter und er genoss das Gefühl, einen neuen Freund gefunden zu haben.

Die Zwillinge kamen mit je einem Pudel an der Leine aus dem Nachbarhaus und sie traten ihren Spaziergang an.

Mit Joshua ins Kino zu gehen, stellte sich als unproblematischer heraus als gedacht. Obwohl Isabelle ihm gegenüber stets ein schlechtes Gewissen hatte, war es heute unverkrampft. Sie ignorierte das Gefühl, dass er sich an diesem Tag besonders viel Mühe gab. Joshua suchte ihre körperliche Nähe, bewahrte aber einen angemessenen Abstand. Fast hatte sie erwartet, dass das Gespräch auf Damien kommen würde, aber er fragte nicht und ihr war es nur recht. Seit ihrer gemeinsamen Nacht musste sie ohnehin unaufhörlich an ihn denken. Seine Nachrichten, die er ihr mit beeindruckender Ausdauer immer wieder schickte, ohne eine Antwort zu erhalten, erheiterten ihren Tag und ließen sie träumen.

Der Sex mit ihm war absolut unvergleichbar gewesen und auch die Situation danach hatte eine Nähe produziert, die sie nun rasch wieder in ihre Grenzen verweisen sollte.

Sie brauchte die Kontrolle über all das, auch wenn sie merkte, wie ihr Widerstand langsam bröckelte. Das Gefühl, sich ihm hinzugeben, war einfach viel zu überwältigend gewesen, als dass sie darauf dauerhaft verzichten wollte. Verstohlen blickte sie zu Joshua, der ihr gerade die Popcorntüte anbot. Mit ihm hat sich Sex immer ... anders angefühlt. Fernab von jedem Druck. Sie waren gut miteinander gewesen, aber es war nie auch nur halb so leidenschaftlich explosiv gewesen wie mit Damien. Dieser Gedanke erschreckte sie. Wie konnte sie diese beiden vollkommen unterschiedlichen Männer nur miteinander vergleichen. Josh hatte sie geliebt. Sie waren sich immer so nah gewesen. Isabelle wusste nicht, ob eine reine Freundschaft mit ihm auf Dauer funktionieren konnte. Hoffte es aber sehr.

Wieder musste sie an Damien denken. Wäre es andersherum und sie würde hier mit ihm sitzen, könnten sie die Finger nicht voneinander lassen, da war sie sich sicher. Er würde sie ständig berühren wollen. Als die Seine markieren. Seine hungrigen Blicke würden sie verschlingen und ihren Körper in Aufruhr versetzen. Isabelle erwischte sich bei der Überlegung, dass ihr das gefallen könnte. Sie horchte kurz in sich, aber die Panik blieb aus. Joshua reichte ihr abermals die Tüte und unterbrach ihr Chaos im Kopf. Vielleicht konnten sie es schaffen, Freunde zu sein. Vielleicht, ja vielleicht würde alles gut werden.

Am Dienstag kurz vor der Mittagspause erhielt Isabelle eine Nachricht von Damien. Wie schon ein paar Mal zuvor wollte er sie zu einem Mittagessen überreden. Sie lehnte ab. Mittlerweile schon fast aus Prinzip. Sie mussten unbedingt wieder nach ihren Regeln spielen, denn mittlerweile suchte der Teufel Isabelle sogar in ihren Träumen auf.

Als es dann tatsächlich an der Zeit für ihre Pause war, trabte sie in einen nahe gelegenen Drogeriemarkt. Isabelle musste dringend ihren Kondomvorrat aufstocken. Verhütung war bei ihr definitiv nicht nur Männersache und sie war gerne vorbereitet. Kribbelige Vorfreude ließ sie noch den einen oder anderen Artikel mehr in ihren Einkaufskorb packen. Als sie die Waren auf das Kassenband legte, musste sie ein Schmunzeln unterdrücken. Neben den Kondomen befanden sich darauf noch Rasierklingen, Massageöl und Batterien. Was sagte das wohl über sie aus? Isabelle zuckte mit den Schultern und warf noch einen Schokoriegel mit aufs Band. Das stetige Piepen des Barcodes über dem Kassenscanner und der teilnahmslose Blick der Kassiererin, die immer wieder dieselbe Handbewegung ausführte, entlockte ihr ein leises Kichern.

Working like a machine?, schoss ihr die *KitKat*-Werbung in den Kopf. Was war sie doch froh, dass sie ihren eintönigen Bürojob gegen den Assistenzposten im Fitnessstudio getauscht hatte. Es waren eben nicht alle Veränderungen der letzten Monate zum Negativen ausgefallen. Manches hatte sich definitiv zum Guten gewandelt.

Als sie an der Reihe war, spürte sie ein Kitzeln im Nacken und fasste sich ganz automatisch dorthin. Ein Gefühl, beobachtet zu werden, überkam sie. Schließlich wandte sie den Kopf zur Seite und blickte in zwei grün funkelnde Augen, die ihr nur allzu bekannt vorkamen.

»Ernsthaft?«, stöhnte sie und fuhr fort, ihren Einkauf zu verstauen.

»Ja, ich freue mich auch, dich zu sehen.«

Ein zufriedenes Lächeln sorgte dafür, dass sich seine Grübchen tief in die Wangen drückten.

»Ich glaube nicht an diese Art von Zufällen, Damien.«

Sie legte der Kassiererin den geforderten Betrag passend in die Hand und machte sich auf den Weg zum Ausgang. Damien berührte sie ganz leicht an der Schulter, sodass sie sich zu ihm umdrehte.

»Dann denkst du also auch, dass es Schicksal ist, dass wir uns hier treffen?« Er konnte das Lachen kaum unterdrücken, als er weitersprach. »Und dass du so vorbereitet bist?«

Mit einem Blick auf die soeben erworbene Kondompackung, die ganz oben in ihrem Korb lag, verdeutlichte er sein Anliegen.

»Netter Versuch!«

Sie tat unbeeindruckt, kämpfte aber gegen eine Hitzewelle an, die sich ihrer bemächtigen wollte.

»Komm schon, Belle. Du musst doch auch irgendwann essen. Lass mich nicht betteln.«

»Ich werde mir was zum Mitnehmen holen, du kannst ja mitkommen.«

Sie schielte einmal über ihre Schulter und bemerkte zufrieden, dass er ihr folgte.

»Warum gehst du mir aus dem Weg?«

Abrupt stoppte sie und er wäre fast in sie hinein gelaufen. War ihr Verhalten so offensichtlich?

»Ich gehe dir überhaupt nicht aus dem Weg.«

»Doch, das tust du. Ich habe seit Freitag nichts mehr von dir gehört. Ich ... ich dachte eigentlich, dass es ganz gut zwischen uns lief.«

»Fishing for compliments, Mr. Wendt? Ich werde ganz sicher nicht dein Ego pudern. Vergiss es.«
Er knurrte. *Yeah the beast is alive.* Sie konnte sich noch sehr gut daran erinnern, wie leidenschaftlich er war, wenn er zuvor ein wenig gereizt wurde.

»Es würde mir schon reichen, wenn du meine Anrufe entgegennehmen oder wenigstens meine Nachrichten beantworten würdest. Ich wusste nicht, dass sich unser«, er deutete mit der Hand unbestimmt zwischen ihnen hin und her, als er fortfuhr, »unser Arrangement nur einseitig gestalten lässt.«

»So ist es doch gar nicht.«

»Wie würdest du dein Verhalten dann nennen?«
Scheiße. Jetzt war sie wütend an dem kleinen Deli vorbeigelaufen, ohne sich dort etwas zu holen. Dieser Teufel würde noch mal ihren Untergang bedeuten. Wie schaffte er es nur immer wieder, ihre zwanglose Affäre in seine Beziehungsschablone zu pressen?

»Na gut, was schlägst du vor, damit uns in Zukunft diese Art von Diskussionen erspart bleibt? Das ist einer der Gründe, warum ich verdammt noch mal keine Beziehung führen möchte. Ständig diese Rechtfertigungen.«

»Manchmal habe ich das Gefühl, zu einem besseren Sexspielzeug degradiert worden zu sein. Das

Einzige, was dich an mir interessiert, ist die Länge meines Schwanzes und auf wie viele unterschiedliche Art und Weisen ich dich zum Höhepunkt bringen kann. Das Drumherum«, er deutete seinen Körper entlang, »interessiert dich doch überhaupt nicht.«

Sie schluckte, als ihr sein geballter Frust entgegenschlug. Im nächsten Moment schaute sie sich verlegen um.

»Du weißt, dass das nicht wahr ist.«

Wusste er das wirklich? Bisher hatte sie alles getan, um es genau so aussehen zu lassen. Die Wahrheit war aber, dass sie ihm aus dem Weg ging, weil er ihr ständig im Kopf herumspukte. Der fantastische Sex hatte dies nur verschlimmert, aber es war nicht der einzige Grund. Das sehnsuchtsvolle Ziehen in ihrem Bauch bereitete ihr zunehmend Kopfzerbrechen.

Sie schloss die Augen und bemühte sich, ruhig durchzuatmen. Isabelle spürte, dass er sie anstarrte und auf eine Antwort von ihr wartete. Schließlich drehte sie sich zu ihm um und berührte sanft seinen angespannten Arm. Er fühlte sich so gut an und es wäre ein Leichtes, sich einfach wieder fallen zu lassen und ihm das Kommando zu übergeben. Sie durfte die Kontrolle nicht verlieren. Es bereitete ihr eine verfluchte Scheißangst, was es mit ihrem Herzen anstellen könnte, wenn sie sich gefühlsmäßig auf ihn einließ und es dann doch irgendwann nicht mehr reichte.

Abermals schloss sie einen Moment die Augen, bevor sie ein versöhnliches Lächeln in ihr Gesicht zauberte.

»Du weißt, dass das nicht stimmt.«

Er betrachtete sie immer noch zweifelnd von der Seite und ließ die Schultern sacken. Zusammen mit einem Schwall angehaltener Luft, die seine Lippen zum Vibrieren brachte. Lippen, die sie unbedingt wieder küssen wollte. Lippen, die sie überall auf ihrem Körper spüren wollte.

»Wir könnten uns Freitag treffen.«

Isabelle lächelte ihm ehrlich zu. Bis dahin sollte sie sich wieder etwas gefangen haben.

Er seufzte. »Donnerstag und Freitag bin ich beruflich unterwegs, da geht es leider nicht.«

Sie hielt ihn nicht auf, als er gedankenverloren eine Strähne aus ihrem Gesicht strich. Es flatterte verdächtig in ihrem Bauch, als er ihr Ohr sanft berührte. Sein Blick war so liebevoll, dass sie nur schwerlich Luft bekam.

»Am Samstag geht es bei mir leider nicht und ich befürchte, dass ich am Sonntag dann ebenfalls keine gute Gesellschaft abgebe.«

Er stoppte seine streichelnden Bewegungen und versteifte sich fast unmerklich.

»Warum?«

»Sammy und ich möchten zusammen um die Häuser ziehen. Das haben wir schon ewig nicht mehr gemacht.« Sie setzte noch schnell ein »Mädelsabend« hinterher, bevor er auf den

Gedanken kommen konnte, sich ihnen anschließen zu wollen. Sie brauchte diese männerfreie Zeit mit ihrer besten Freundin.

»Okay, wenn ich dich schon die ganze Woche nicht sehen kann, bleiben nur noch heute und morgen.«

Damien sah sie auffordernd an.

Isabelle schluckte den Kloß in ihrem Hals herunter. Heute war sie definitiv zu aufgewühlt für ein Date mit Damien. Auch wenn ihr Körper da seine ganz eigene Meinung hatte.

»Dann morgen.«

Sie machte sich nicht die Mühe, nach einer erfundenen Ausrede für den heutigen Abend zu suchen, und hoffte, dass er sich damit zufriedengeben würde. Zu ihrer Überraschung willigte er ohne Widerrede ein.

Der Samstag kam und Isabelle fühlte sich beschwingt und bereits leicht beschwipst, als sie mit Samantha, Maggie und Bea den Eingangsbereich ihrer Lieblingsdiskothek stürmte. Die vier Frauen kannten sich bereits seit der Schulzeit und trafen sich unregelmäßig zum Feiern. Immer dann, wenn es die Kindermädchensituation zuließ.

An diesem Abend hatten sie bereits mit einigen Cocktails in einer Bar der Stimmung nachgeholfen und Isabelle befand sich auf einer Mission. Um von ihrem eigenen Männerchaos abzulenken, suchte sie für Samantha nach einem potenziellen Orgasmusspender und läutete lautstark das Ende der Trockenperiode ein. Als ihr der eigene Wortwitz auffiel, sorgte dies für einen erneuten Lachflash unter den anwesenden Damen.

Auf der Suche nach einem passenden Mann für ihre Freundin blickte sie sich in dem schwach beleuchteten Raum um. Die Theke und die umliegenden Sitzgelegenheiten und Stehtische waren in indirektes Licht getaucht und sorgten für eine entspannte Atmosphäre, während etwas weiter in der Mitte flackernde Lichtblitze die dröhnenden Beats auf der Tanzfläche untermalten. Nachdem Isabelle die magere Ausbeute gecheckt und ein paar Kandidaten ins Rennen geworfen hatte, die von Samantha alle abgelehnt wurden, gab sie die Suche zunächst auf.

»Tanzen?«

Dieser Vorschlag traf auf Zustimmung bei allen drei Frauen, sodass sie gemeinschaftlich zur Tanzfläche stöckelten.

Jede für sich hatte sich auffallend viel Mühe mit ihrem Outfit gegeben, was der Männerwelt nicht verborgen blieb. Maggie, die alle nur Mags nannten, trug ihr schwarzes Haar auf der einen Seite raspelkurz geschoren und auf der anderen schulterlang. Zu ihrem schwarzen Minikleid trug sie knallrote High Heels, bei deren Anblick es Isabelle schwindelte. Sie wusste nicht, wie Maggie auf diesen Dingern laufen, geschweige denn tanzen konnte. Mags jedoch bewegte sich mit der Leichtigkeit eines Schmetterlings und schwebte neben ihnen her. Sie war seit Jahren mit ihrem Freund zusammen, liebte aber die Aufmerksamkeit des männlichen Geschlechts und trat daher gerne provokant auf.

Bea war die Ruhige unter ihnen. In ihren Skinny Jeans und mit dem mausgrauen Oberteil fiel sie kaum auf. Die Männer standen auf ihr Puppengesicht, das trotz ihrer neunundzwanzig Jahre stets unschuldig und niedlich wirkte. Vermutlich lag es an ihren riesigen, braunen Bambi-Augen, vielleicht auch an ihrer Stupsnase oder dem süßen Schmollmund. Bea punktete immer erst auf den zweiten Blick, aber dann traf sie direkt alle Beschützerinstinkte im Manne.

Sie war zwar Single, aber nicht auf der Suche nach einem Abenteuer. Bei ihr musste es Mr. Right sein. Darunter ging nichts.

Die vier Frauen flirteten ohne ernsthafte Absichten und bewegten sich mit den anwesenden Menschenmassen zu den Klängen des wummernden Basses auf dem Dancefloor.

Ein Gefühl der Schwerelosigkeit stellte sich bei Isabelle ein. Es war ihr erfolgreich gelungen, das Gefühlschaos zu verdrängen. Mit nach oben gestreckten Armen und geschlossenen Augen ließ sie sich treiben, wurde eins mit der Musik und verschmolz mit der zappelnden Masse. Nur allzu gerne hätte sie diesen trügerischen Moment festgehalten, konserviert und bei Bedarf wieder herauskramt.

Feste Hände legten sich auf ihre Taille und bewegten sie passend zum Takt. Sie war noch nicht bereit, ihre Blase der vollkommenen Entspannung zu verlassen und sich der Realität zu stellen, die mit großer Wahrscheinlichkeit darin bestand, dass sie dem männlichen Wesen hinter sich über kurz oder lang einen Korb geben würde. Noch eine Weile wollte sie einfach so weiter tanzen, ohne sich Gedanken machen zu müssen. Der Song endete und ging nahtlos in den nächsten über. Vor ihr kreiste Samantha sinnlich mit ihren Hüften. Sie sah so wunderhübsch aus in ihrem eng anliegenden Jumpsuit, und das Schönste an ihr war, dass sie dies nicht einmal wusste. Ein Strahlen umgab sie und es war Isabelle ein Rätsel, warum die Männer nicht haufenweise bei ihr Schlange standen. Sammy gehörte zu den wertvollsten und wunderbarsten Menschen in ihrem Leben und ihr Herz quoll vor Zuneigung über.

Der Griff um ihre Mitte hatte sich verstärkt. Das Gefühl starker Hände, deren Wärme sie durch ihre leichte Bluse fühlen konnte, holte sie ins Hier und Jetzt zurück. Als der dazugehörige Körper ein Stück näher an sie heranrückte, erkannte sie einen vertrauten Duft und drehte sich abrupt um.

»Josh«, rief sie über die laute Musik hinweg, »was machst du hier?«

Der Alkohol zirkulierte durch ihr Blut und Isabelle strahlte ihn an.

»Ich tanze mit meiner Freundin, so wie es aussieht.«

Er spiegelte ihr Lächeln und für einen Moment vergaß sie die aktuellen Probleme und all die Gründe, warum es besser wäre, sich aus seiner Umarmung zu lösen. Er war ihr so vertraut und nah.

Sie fing Samanthas Blick auf, der ihr besorgt erschien.

»Alles in Ordnung, Sammy?«

Auch dieses Mal musste sie schreien. Der Lautstärkepegel ließ keine andere Form der Kommunikation zu.

Samantha packte sie am Arm und zog sie zu einem der Stehtische etwas abseits der Tanzfläche. Bea und Maggie folgten ihnen gut gelaunt.

»Oh, das war mal so was von überfällig«, kommentierte Mags und die anderen gaben ihr recht.

Bea bestellte eine Runde Shots und Sammy musterte Isabelle immer noch seltsam unruhig.

»Was ist mit dir. Hast du jemanden entdeckt, der dir gefällt?«

Ein verschwörerisches Grinsen folgte.

»Wusstest du, dass Josh auch kommt?«

Isabelle stutzte kurz und blickte zu Joshua hinüber, der mit ein paar Typen an der Bar stand und ihr zuwinkte.

»Nein, wusste ich nicht. Seit wann hast du ein Problem mit Josh?«

Sie zog skeptisch eine Augenbraue hoch, zumindest hoffte sie, dass ihr das bei dem aktuellen Alkoholpegel noch überzeugend gelang.

Samantha wurde zunehmend nervöser und fixierte immer wieder den Eingang.

»Was ist los, Sammy?«

Isabelle war zwar weit entfernt von einem nüchternen Zustand, trotzdem sah sie ihrer Freundin an, dass etwas ganz und gar nicht stimmte.

»Es ist nur ...«

Samantha verstummte und machte große Augen. Im selben Moment spürte Isabelle Arme, die sie von hinten umschlossen und an eine feste Brust drückten.

Damien.

Sie wagte es noch nicht, sich umzudrehen. Ihr Gegenüber zog den Kopf ein und formte lautlos ein »Sorry« mit den Lippen. Isabelle atmete tief durch und fing Joshuas stählernen Blick auf, der sie von dem Tresen aus erdolchte. *Nicht schon wieder.*

Es wurde ihr plötzlich alles zu viel. Mit einem von beiden konnte sie sich, zumindest für eine gewisse Zeit, vormachen, dass alles in Ordnung sei. Aber beide in einem Raum, selbst wenn es sich um eine Großraumdiskothek handelte, war einfach zu viel für sie. Die stummen Vorwürfe, der Druck, der auf ihr lastete, sich ständig entscheiden und rechtfertigen zu müssen. Sie wollte das alles nicht. Einen Abend lang hatte sie einfach nur sie selbst sein wollen. Tanzen und Spaß haben mit ihren Freundinnen.

Sie zog Samantha näher zu sich und raunte ihr ein »Wie konntest du nur« zu. Diese hob entschuldigend die Hände und meinte nur: »Du weißt, wie er sein kann. Er hat mich angeschaut wie ein Hundebaby, da habe ich ihm vielleicht einen Tipp gegeben. Aber ich wusste doch nicht, dass Josh auch hier sein würde. Ich dachte, zwischen euch würde es mittlerweile ganz gut laufen und ...«

Isabelle blockte ab, löste sich aus der Umarmung und taumelte zur Tanzfläche. Maggie und Bea folgten ihr. Samantha und Damien blieben zurück. All die verdrängten Gefühle und Gedanken brodelten in ihr und sie sehnte sich nach ihrer schwerelosen Blase des Vergessens, in der sie nur kurze Zeit zuvor geschwebt hatte.

Joshua kam auf sie zu und musterte sie fragend. Sie schenkte ihm ein Lächeln und tanzte mit ihm, als lägen nicht zwei Jahre zwischen ihnen und ihrer einstigen Liebe. Isabelle spürte den schweren Blick von Damien auf sich. Dafür musste sie sich nicht extra umdrehen. Sie wusste, dass er sie beobachtete und jede ihrer Bewegungen taxierte. Neben all den Empfindungen gesellte sich jetzt auch noch ein schlechtes Gewissen dazu.

Bei dem Versuch, alles um sich herum auszublenden, scheiterte Isabelle, als sie aufschaute und in Joshuas leuchtende Augen blickte. Sie ahnte, dass sie ihm gerade Hoffnung machte, wo es keine gab, und dass sie sich aufführte wie das letzte Miststück. Damien nutzte den Moment, als Joshua sich auf die Toilette begeben hatte, und tanzte sich an sie heran.

»Hey.«

Er scheiterte an einem unverfänglichen Gesichtsausdruck, sie bemerkte seine Anspannung und Unsicherheit sofort, weil sie sich ohne Umwege auf sie selbst übertrugen. Als hätten sie eine Dauerverbindung miteinander. Der Gedanke machte sie wütend. Sie wollte das alles nicht. Die Gefühle, die Sehnsüchte, die er in ihr weckte, konnte sie sich einfach nicht gestatten, ohne Gefahr zu laufen, wieder verletzt zu werden.

»Was willst du hier, Damien?«

Mags und Bea, die seitlich von ihr mit zwei unbekannten Typen tanzten, streckten fast synchron ihre Daumen hoch und symbolisierten ihr somit, dass sie Damien heiß fanden. Sie hatten ja keine Ahnung, wie heiß er tatsächlich war.

»Ich dachte mir, ich mische euren Mädelsabend ein bisschen auf.«

Er legte seinen Kopf ein wenig schief und sah so unschuldig aus, dass sie ihn am liebsten auf der Stelle geküsst hätte. Sie konnte sich noch gut an das letzte Mal erinnern und auch daran, wie fantastisch es sich angefühlt hatte in seinen Armen.

»Du weißt aber schon, dass alleine der Begriff ›Mädelsabend‹ Männer auslädt?«

Damien blickte kurz zu Josh herüber, der sich langsam wieder näherte.

»So ganz genau scheinst du es mit Definitionen nicht zu nehmen. Zumindest nicht, wenn es um ihn geht.«

Die Anspannung stieg mit jedem Schritt, den Joshua sich näherte. Isabelle konnte sie fast greifen und sah sich in die Enge getrieben.

Samantha eilte ihr zur Hilfe und zog sie von den Männern fort, bevor es eskalieren konnte.

»Isa, was machst du denn?«

»Bitte? Was ich hier mache? Ich dachte, wir wären hier, um Spaß zu haben, und du lädst einfach Damien ein. Ohne mich vorzuwarnen, wohlgemerkt.«

Die beiden Frauen fixierten sich.

»Ich dachte nicht, dass es so eine große Sache wäre. Mein Gott!«

Samantha warf die Hände in die Luft.

»Vielleicht solltest du dich endlich mal entscheiden, was du willst. Du kannst nicht einfach so weitermachen. Das ist keinem gegenüber fair.«

»Was meinst du damit? Ich mache doch überhaupt nichts.«

Isabelle stieg der Alkohol zu Kopf und sie diskutierte lautstark mit ihrer Freundin, die nun die geballte Ladung Unzufriedenheit abbekam.

»Auf welcher Seite stehst du überhaupt? Ich dachte, du wärst meine Freundin und nicht seine!«

»Hör auf damit, Isa. Du redest Unsinn. Natürlich bin ich auf deiner Seite. Aber du kannst nicht mit ihnen spielen, wie es dir gerade passt. Mein Gott, Joshua liebt dich. Und Damien ist auf dem besten Wege, sich ebenfalls in dich zu verlieben. Du musst das klarstellen. Du kannst nicht immer hin- und herspringen, wie es dir gerade passt und mit ihren Gefühlen jonglieren. Das haben sie nicht verdient. Keiner von beiden.«

Mittlerweile hatte Samantha sich in Rage geredet und schrie sie förmlich an. So hatte sie noch nie mit ihr gesprochen. Isabelle war hoffnungslos überfordert mit der Situation und drängte die Tränen zurück, die sich in ihre Augen gestohlen hatten und kaum aufhalten ließen.

Sie wagte einen kurzen Blick zu den Männern, die ihr Leben momentan in Aufruhr versetzten. Auch dort schien es eine lautstarke Diskussion zu geben.

Als ein Schluchzen sich ihrer Kehle entrang, lief sie einfach davon. Raus aus der Diskothek. Weg von allem, was sie durcheinanderbrachte. Isabelle machte sich nicht die Mühe, auf ein Taxi zu warten und irrte mitten in der Nacht zu Fuß nach Hause. Sie betete inständig, dass ihr niemand folgen würde. Das Tränenfass in ihr drohte jeden Moment überzulaufen und sie wollte um jeden Preis alleine sein, wenn dies geschah. Die ersten Tropfen quollen bereits heraus und trübten ihre Sicht.

Sie wusste später nicht mehr, wie lange sie durch die Gegend gelaufen war oder welchen Weg sie genau genommen hatte. Als sie zu Hause ankam, wurde die Tür bereits aufgerissen, bevor sie ihren Schlüssel herauskramen konnte, und eine besorgte Mitbewohnerin stürmte ihr entgegen. Isabelle hob abwehrend die Hände, wischte sich die verräterischen Tränen aus dem Gesicht und flüchtete in ihr Zimmer. Sie wollte einfach nur noch schlafen. Schlafen und vergessen.

Ihr gesamter Körper wurde von Schluchzern durchgeschüttelt, als sie sich in Embryonalstellung auf dem Bett zu einer Kugel zusammenrollte und erneut bitterlich weinte.

Gewitterwolken

An Schlaf war in dieser Nacht nicht wirklich zu denken. Als die ersten Sonnenstrahlen sich in ihr Zimmer mogelten, gab Isabelle es einfach auf und versuchte, sich aus dem Bett zu schleppen. Ihr Kopf dröhnte vorwurfsvoll und ließ sie einen Moment innehalten. Sie musste dringend raus. Laufen, einen freien Kopf bekommen. Selten hatte sie sich so sehr danach gesehnt.

Nachdem sie es geschafft hatte, ihr pandaartiges Make-up zu entfernen und sich unter die Dusche zu zwingen, kehrten langsam ihre Lebensgeister zurück. Unten an der Treppe wurde sie jedoch direkt abgefangen.

»Isa, ganz ehrlich, wir müssen darüber reden. Ich weiß nicht, wie lange ich mir das noch mit anschauen werde.«

Samantha schien genau wie sie eine schlaflose Nacht verbracht zu haben. Dennoch baute sie sich vor ihr auf und verlangte, die gestrige Diskussion weiterzuführen. *Bitte nicht.*

»Ich glaube kaum, dass es hier irgendwie um dich geht, Sammy. Das ist eine Sache zwischen Josh und mir.«

Isabelle war die letzten Wochen und Monate nervlich hochgradig angespannt. Das Versteckspiel, die Geheimnisse, das ständig während schlechte Gewissen und die unterschwelligen Vorwürfe. Es war einfach alles zu viel. Sie drohte zu platzen und betete inständig, dass ihre Freundin es gut sein lassen würde. Sie wollte nicht schon wieder streiten, aber das Fass war voll. Es drohte jeden Augenblick erneut überzulaufen und dann wollte sie nicht mehr in Sammys Nähe sein.

»Er ist auch mein Freund. Ich sehe, wie er unter der Situation leidet. Das kannst du doch auch nicht wollen. Die Unwissenheit quält ihn mehr, als es die Wahrheit jemals tun könnte. Du musst endlich mit ihm sprechen.«

Genug!

»Und das weißt du so genau, weil du mit ihm jahrelang zusammen warst, ja? Oder bist du plötzlich unter die Psychologen gegangen? Es ist verdammt noch mal nicht dein Problem und ich entscheide selbst, wann ich es angehen werde. Ich habe es so satt, dass mir ständig jeder sagt, was ich zu fühlen und zu denken habe. Ich bin erwachsen, verdammt!«

Die letzten Worte hatte sie regelrecht geschrien. So laut, dass sie schon befürchtet hatte, die Kinder zu wecken, die, Gott sei Dank, einen tiefen Schlaf hatten.

Wieso musste Samantha sie frühmorgens vor dem ersten Kaffee und nach dieser unheilvollen Nacht regelrecht provozieren? Erst hatte Isabelle sich stundenlang unruhig hin und her gewälzt. Die Situation mit Joshua und auch mit Damien setzte ihr unheimlich zu. Ersterer schien überzeugt davon, sie immer noch zu lieben, und sie verletzte ihn unabsichtlich mit jedem Mal, wenn sie sich mit Damien traf. Mal davon abgesehen, dass die Gedanken an eben jenen sie die andere Hälfte der Nacht vom Schlafen abgehalten hatten. Sie wollte nicht streiten und schon gar nicht mit ihrer Freundin. Zu ihrem Entsetzen schaute Samantha jetzt auch noch verletzt in ihre Richtung und sie bekam umgehend ein schlechtes Gewissen. Schon wieder. Dieses fiese Gefühl, das sie nunmehr seit Wochen wie ein ungeliebtes Daueraccessoire mit sich herumschleppte, schnürte ihr für einen Moment die Kehle zu. Adrenalin pumpte durch ihre Adern und ließ sie benommen taumeln. Das war alles zu viel, sie musste hier raus. Einfach nur weg.

Samantha blieb weiterhin stumm und die Stille dröhnte wie ein Vorschlaghammer in ihrem Kopf. Isabelle sprintete zur Tür und ließ diese krachend hinter sich ins Schloss fallen, ohne sich noch einmal umzusehen. Denn, wenn sie das getan hätte, hätte Samantha ihre Tränen entdeckt, die nun in Sturzbächen ihre Wangen hinabliefen. Es donnerte am Himmel und passend zu ihrer Stimmung fing es an zu regnen. Das Wasser durchnässte nach und nach ihre Kleidung und vermischte sich mit den Tränen auf ihrem Gesicht. Isabelle lief wie eine Verrückte.

Viel zu schnell, als fliehe sie vor sich selbst. Sie wusste nicht, wohin sie gehen konnte. Joshua war keine Option. Zurück wollte sie auf keinen Fall, also rannte sie unentwegt weiter.

Irgendwann spürte sie ihre Beine nicht mehr. Getrieben von der Wut in ihrem Bauch lief sie immer weiter. Später entdeckte sie ein kleines Haus mit einem weißen Gartenzaun. Sie stolperte fast, so abrupt stoppte sie. Unbewusst war sie zu Damiens Haus gelaufen. Jetzt, wo sie es bemerkte, konnte sie plötzlich keinen weiteren Schritt mehr gehen. Sie beugte sich vornüber und versuchte, wieder zu Atem zu kommen, einen klaren Gedanken zu fassen. In ihrem Kopf herrschte immer noch ein heilloses Durcheinander von Worten, Anschuldigungen und Verletzungen. Das Joggen hatte ihr nicht dabei helfen können, den Schmerz zu verdrängen.

Mit langsamen Schritten machte sie sich auf den Weg zur Haustür. Sie hatte ihn noch nie in seinem Haus besucht. Auch war sie noch nie unangemeldet bei ihm aufgetaucht, trotzdem verspürte sie den unbändigen Wunsch, in seinen Armen zu vergessen. Sich von ihm ablenken und vielleicht auch ein wenig trösten zu lassen. All dies passte nicht zu ihrem Verlangen nach Unabhängigkeit und Abstand, um den sie ihn am Abend zuvor noch gebeten hatte.

Sie zögerte noch einen weiteren Moment, während die Regentropfen unaufhörlich auf sie niederprasselten. Die Klingelplatte zog ihren Finger magisch an, und noch bevor sie darüber nachdenken konnte, ob es Damien überhaupt recht war, hatte sie bereits geklingelt.

Einen zittrigen Augenblick später öffnete ein verschlafen wirkender Damien die Tür und blickte sie erstaunt an. Sie wollte ihm nichts erklären, deshalb warf sie sich ihm direkt in die Arme und küsste ihn stürmisch. Im ersten Moment zuckte er zurück. Sie war vermutlich eiskalt. Er hingegen war oberkörperfrei, nur mit einer tief sitzenden Jogginghose bekleidet und hatte noch die verschlafene Bettwärme an sich. Seine Überraschung währte nur kurz, denn er zog sie nun in seine Arme, vergrub eine Hand in ihrem Haar, wie sie es liebte, und küsste sie hingebungsvoll zurück. Sie bewegten sich schiebend und drängend ein Stückchen weiter in den Raum und sie hörte die Tür ins Schloss fallen.

Damien übernahm das Kommando, manövrierte sie ins Wohnzimmer und lehnte sich an eine Sofaecke. Sie unterbrachen den Kuss für keine Sekunde. Isabelles Haar war nass und Wasser tropfte auf sein Gesicht. Sie traute sich nicht, die Augen zu öffnen, und tastete mit hektischen Bewegungen seinen Bauch und die muskulöse Brust ab. Schließlich schlang sie die Arme um seinen Nacken und schmiegte sich eng an ihn, ließ sich von seiner Wärme und seinem Duft umhüllen.

»Sag mal, hast du auch irgendetwas im Haus, das nicht so furchtbar gesund ist?«

Eine Frauenstimme durchbrach die aufgeheizte Stimmung und Isabelle versteifte sich abrupt. Was machte eine Frau in seinem Haus? Frühmorgens, während er halb nackt hier herumlief? Sie wagte einen Blick zur Seite und erspähte eine zierliche, hochgewachsene Blondine mit strahlenden Katzenaugen. Isabelle konnte den gleichen verdutzten Ausdruck auf ihrem Gesicht erkennen, den auch sie mit Sicherheit gerade zur Schau trug. Die Frau hielt mehrere Packungen Müsli in der Hand und schien aus der Küche zu kommen. Isabelles Herzschlag beschleunigte sich auf ein ungesundes Maß. Neben der wütenden Grundstimmung, die ihren Körper schon zuvor gefesselt hatte, floss nun ein süßes Gift durch ihre Adern. Eifersucht.

Sie versuchte, sich von Damien zu lösen und drückte gegen seine Brust, an die sie sich zuvor noch geklammert hatte. Einen Berg zu versetzen, wäre vermutlich erfolgversprechender gewesen.

»Du verdammter Bastard.«

Die Worte waren ihr halb im Hals stecken geblieben, denn wie aufs Stichwort trabte ein kleines Mädchen in den Raum. Sie hatte seine grünen Augen.

Immer noch wollte Isabelle sich aus Damiens Umklammerung lösen. Er aber packte sie am Handgelenk, richtete sich zu seiner vollen Größe auf und grinste. Damien amüsierte sich über die Situation, was Isabelle fassungslos schnauben ließ. Ein Sturm tobte in ihr.

»Belle, das ist meine Schwester Louisa. Lou, das ist Isabelle.«

Schwester? Nur langsam drang dieses Wort durch den Nebel in ihren Kopf, sie war kurz davor gewesen, ihm Gewalt anzudrohen, um endlich aus diesem Haus flüchten zu können. Nun stellte sie ihre Bemühungen ein.

»Du hast eine Schwester?«

»Und einen Bruder.«

Er grinste immer noch und schien äußerst zufrieden mit sich selbst.

Isabelle schlug ihm mit der flachen Hand gegen die Brust.

»Das hast du mir nie erzählt.«

»Du hast nicht wirklich danach gefragt, Belle.«

Damit hatte er recht. Sie konnte nicht weiter darüber nachdenken, weil sein Grübchen wieder einmal ganze Arbeit leistete.

»Schön dich kennenzulernen. Ich habe schon viel von dir gehört.«

Louisa hatte sich gefangen und machte ein paar Schritte auf Isabelle zu. Sie selbst war nun peinlich berührt über ihren Auftritt.

»Du bist eiskalt und komplett durchnässt. Ich hole dir schnell ein paar Handtücher«, warf Damien ein. »Nicht wieder weglaufen.«

Er zwinkerte ihr noch einmal zu, bevor er im Flur verschwand.

»Ist das Damiens Freundin? Das scharfe Gerät, das ihn zappeln lässt wie einen Fisch?«

Die süße Stimme des kleinen, vielleicht fünfjährigen Mädchens erfüllte den Raum, obwohl die Sockenpuppe in ihrer rechten Hand gesprochen hatte. Das Bild war so bizarr, dass Isabelle zu lachen begann.

»Tess!«

Louisa rügte ihre Tochter und lief rot an.

»Tut mir wirklich leid, Isabelle, scheinbar hat sie meine Brüder wieder einmal beim Telefonieren belauscht.«

»Komm jetzt, wir lassen Onkel Damien mal alleine mit seinem Besuch.«

Louisa hatte sich ihre kleine Tochter geschnappt und war bereits dabei, ihr eine Regenjacke überzuziehen, als Isabelle bewusst wurde, dass sie vielleicht mal etwas sagen sollte.

»Kein Problem. Ich wollte euch jetzt nicht irgendwie verscheuchen. Ihr könnt gerne bleiben, ich werde sowieso gleich wieder gehen.«

»Das kommt gar nicht infrage.«

Damien stand im Türrahmen und reichte ihr zwei Handtücher.

»Die beiden haben mich gerade aus dem Bett geschmissen. Jetzt will ich wenigstens, dass sich das frühe Aufstehen auch gelohnt hat.«

Er betrachtete sie mit einem Blick, den Isabelle nicht deuten konnte. Dankbar für die trockenen Handtücher rubbelte sie sich erst einmal die Haare ab und schwieg.

Tess verabschiedete sich mit einem »Auf Wiederse-hen« aus ihrer Handpuppe und Damien schloss schmunzelnd die Tür hinter ihnen.

»Und jetzt zu dir, scharfes Gerät.«

Ein wölfisches Lächeln breitete sich auf seinem Gesicht aus. Er schlich zu ihr hinüber und ließ sie dabei nicht aus den Augen. Plötzlich packte er Isa-belle und zog sie so nah an seinen Körper, dass sie seinen Herzschlag spüren konnte.

Damien küsste sie so leidenschaftlich, dass sie am ganzen Körper wie elektrisiert und aufgeladen krib-belte. Ihr Verlangen steigerte sich bis ins Uner-messliche, als sie seine Härte durch die lockere Hose spürte.

»Gehen wir nach hinten.«

Mit hinten meinte er sein Schlafzimmer. Die Laken seines riesigen Kingsize-Bettes waren noch zer-wühlt und dufteten nach ihm. Sie hatte kaum Zeit, die schlichte Eleganz seiner Einrichtung eingehend zu betrachten, da Damien alle ihre Sinne bean-spruchte. Als er sie von den nassen Klamotten befreit hatte, erkundete er ihren Körper mit einer Sorgfalt, die sie genüsslich seufzen ließ. Jeden Zen-timeter Haut liebkoste er andächtig und ohne Eile.

Immer, wenn er sie betrachtete, fühlte sie sich wie etwas Besonderes, als wäre sie das schönste Ge-schöpf auf der Welt. Wärme füllte ihr Herz und ließ es ein paar Takte aussetzen, nur um anschließend mit doppelter Geschwindigkeit weiter zu pochen.

Sie war zu ihm gekommen. Wenn auch unbewusst, hatte sie das Gefühl, dass es etwas bedeutete. Isabelle verspürte eine enorme Erleichterung darüber, dass zumindest zwischen ihnen alles okay war.

»Versprichst du mir etwas?«
Damien antwortete nach einem tiefen Blick in ihre Augen lediglich mit einem zustimmenden Brummen.

»Dass wir nicht darüber reden müssen.«
Nun drehte er sich auf den Rücken und starrte an die hohe Zimmerdecke. Sein Körper war noch bedeckt von einem leichten Schweißfilm und im Raum roch es nach Sex und Damien.

Sie fühlte sich leicht und ein wenig benommen. Wie im Rausch hatte er sie genommen. Mit genau der richtigen Mischung aus Sanftheit und roher Leidenschaft.

»Nur, wenn du mir auch etwas versprichst.«
Sie nickte zögerlich und hoffte, dass sie es würde einhalten können.

»Dass das, was auch immer zwischen uns ist, kein vorher bestimmtes Ablaufdatum bekommt.«
Isabelles Herz klopfte schwer in ihrer Brust. Sie horchte in sich hinein, ob sie Anzeichen einer einsetzenden Panik ausmachen konnte. Aber diese blieb aus. Er hatte nicht von einer Beziehung oder

Liebe gesprochen, er wollte es lediglich auf unbestimmte Zeit verlängern. Damit konnte sie umgehen.

Im Grunde freute Isabelle die Aussicht sogar, mehr Zeit mit ihm zu haben. Bis auch sie wusste, was das zwischen ihnen war.

»Okay.«

Erst jetzt wendete er sich wieder zu ihr, lehnte sich auf die Seite. Den Kopf auf seinem rechten Arm abgestützt beschrieb er mit der linken Hand kleine Kreise auf ihrem Bauch.

»Okay?«

»Ja, ich bin einverstanden.«

Damien rollte sich mit einem Satz auf sie und begrub sie unter seinem nackten Körper. Die Haut noch erhitzt vom vorangegangenen Liebesspiel hielt er sie für einen Moment einfach nur fest in seinen Armen, verbarg seinen Kopf in ihrer Halsbeuge und inhalierte ihren Duft.

Isabelle konzentrierte sich auf ihren Atem.

Ein.

Aus.

Ein.

Aus.

Etwas hatte sich verändert und sie gab sich die größte Mühe, die aufkommenden Schmetterlinge in ihrem Bauch zu ignorieren. Einfach nur atmen.

Nach einem schier unendlichen Moment fing Damien an, ihren Hals zu liebkosen und an ihrem Schlüsselbein zu knabbern. Er schien bereit für die zweite Runde und sie sehnte sich danach, erneut mit ihm zu verschmelzen.

Kleine Schritte

»Hast du Lust auf Kino?«

Damiens beiläufig gestellte Frage ließ Isabelle innerlich zusammenzucken und raubte ihr ein Stück dieses wunderschönen postkoitalen Friedens. Ihr war nicht entgangen, dass er mit bestimmten Themen immer dann rausrückte, wenn sie sich gerade äußerst befriedigt auf dem Laken fläzte und nichts Böses ahnte.

»Kino?«

Ihre Gehirnzellen arbeiteten immer noch im Stand-by-Modus, anders konnte sie sich nicht erklären, warum sie nicht direkt abgelehnt hatte.

Seit ihrem spontanen Besuch vor ein paar Tagen hatte sich etwas verändert zwischen ihnen beiden. Isabelle war sich aber nicht sicher, ob sie schon bereit für weitere Schritte war. Sie lagen auf ihrem Bett und eigentlich fehlte ihr nichts weiter zu ihrem Glück.

»Genau. Kino. Du weißt schon, wo man hingeht, sich einen Film anschaut, viel zu viel Geld für Popcorn und Getränke ausgibt. Zur Spätvorstellung müssten wir es noch schaffen.«

Sie boxte ihm gegen die Schulter. *Idiot.* Dann gähnte sie demonstrativ, um sich etwas mehr Zeit zu verschaffen. Die Wahrheit war, dass sie gerne mit

ihm ins Kino gehen würde und auch keine glaub-
würdigen Argumente dagegen finden konnte. Selbst
wenn sich das nicht mit ihren Regeln vereinbaren
ließ. Mal davon abgesehen, dass ihre Regeln sowieso andauernd von ihm unterwandert wurden.

Er verbrachte beinahe mehr Zeit in diesem Haus,
als sie selbst und schien sich auch mit Samantha
und den Kleinen täglich besser zu verstehen. Als sie
beide neulich einträchtig beim Kaffee in der Küche
überrascht hatte, konnte sie sich einen Kommentar
nicht verkneifen und fragte ihn, ob er überhaupt
noch einen Job hätte. Statt zurückzuzicken hatte er
sie so herzerwärmend angelächelt, dass sie sich willig in seine Arme ziehen ließ und auch noch einen
Kuss kassierte. Die Grübchen waren schuld – eindeutig!

Ihr wurde die ungewöhnliche Situation erst so
richtig bewusst, als sie Samanthas erhobene
Augenbraue entdeckt hatte, und löste sich von ihm.
Isabelle verbrachte gerne Zeit mit Damien und, wie
sie sich eingestehen musste, auch außerhalb des
Bettes. Die Erkenntnis traf sie nicht völlig unerwartet, und auch die Panik, mit der sie gerechnet hatte,
blieb aus.

Samantha und Isabelle hatten sich nach ihrem
Streit zwar nicht wirklich ausgesprochen, jedoch
gab es eine Art stille Übereinkunft, dieses Thema
vorerst aus ihrem Alltag auszuklammern. Der Umgang miteinander wirkte nahezu normal. Bis auf

den sanften Druck, den sie immer noch in der Nähe ihrer Freundin verspürte.

»Hör auf, so angestrengt nachzudenken.«

Seine Lippen brachten ihre Gedanken zum Schweigen. Damien erkundete ihren nackten Körper, streichelte sie andächtig, wie er es stets tat, und küsste sich von einem Hüftknochen zum anderen. Gerade als sie beschlossen hatte, dass Filme gucken vollkommen überbewertet wurde und sie viel lieber noch eine Runde Sex mit ihm genießen wollte, ließ er von ihr ab.

»Du darfst den Film aussuchen und mein Popcorn bezahlen.«

Das brachte sie zum Lachen.

»Oh wie gütig von dir, dass ich dein Popcorn bezahlen darf. Vielleicht auch noch ein Getränk, der Herr?«

»Jetzt, wo du fragst, sehr gerne.«

Das breite Grinsen, das sich auf seinem Gesicht eingenistet hatte, wäre in Gold nicht zu bezahlen gewesen und steckte sie an. Es fühlte sich richtig an.

»Dann beweg deinen Knackarsch aus meinem Bett, ich muss noch schnell ins Bad.«

Kino war nun wirklich keine große Sache, redete sie sich erfolgreich ein. Mit seiner Forderung, dass sie ebenfalls etwas bezahlte, hatte er vermutlich ganz bewusst die Date-Hürde ein wenig abgemildert. Dieser Teufel. Damien kam ihrer Aufforderung nach und schnappte nach seiner Kleidung, die er sich lässig überwarf. Isabelle dachte gar nicht daran, zu verbergen, wie sehr ihr die Aussicht gefiel, und musterte ihn mit unverhohlener Intensität. Suggestiv wackelte er mit den Augenbrauen. Der Blick, den er erwiderte und über ihren unverhüllten Körper gleiten ließ, war nicht weniger heiß. Er sah sie stets an, als würde er sie bei lebendigem Leib verschlingen wollen. Sie liebte diesen Ausdruck in seinem Gesicht.

Isabelle riss sich von dem Anblick los, damit sie es noch zur Spätvorstellung schafften, und düste ins Badezimmer.

Zehn Minuten später war Belle bereit zur Abfahrt und überraschte Damien mit ihrem unkomplizierten Auftritt.

»Du bist ziemlich schnell für ein Mädchen«, triezte er sie.

»Ich glaube, wir wissen beide sehr gut, dass ich kein kleines Mädchen mehr bin«, gurrte sie gewohnt schlagfertig und ließ ihn kurz in Erinnerungen an ihre festen Brüste in seinen Händen schwelgen.

Als sich sein Halbsteifer meldete und der Platz in seiner Hose verdächtig eng wurde, rief er sich selbst zur Räson. Schluss jetzt, Mann, sonst schaffst du es nie aus diesem Zimmer.

Ein Glücksgefühl überkam ihn. Damien hatte nicht wirklich mit ihrer Zustimmung gerechnet und wieder einmal den günstigen Moment direkt nach dem atemberaubenden Sex gewählt, um ihr diese Frage zu stellen. Es fühlte sich an wie ein weiterer Schritt. Kino bedeutete definitiv mehr als eine reine Sexgeschichte und stimmte ihn so fröhlich, dass er summend die Treppe herunter tänzelte. Ja, er tänzelte und es war ihm scheißegal, wie unmännlich das sein mochte. Damien war glücklich und fühlte Hoffnung in sich aufkeimen, dass sie vielleicht auch mehr für ihn empfinden konnte, als reines Verlangen. Seine Gefühle für sie wurden viel zu schnell viel zu stark, dessen war er sich durchaus bewusst, sah sich aber außerstande, es aufzuhalten. Was war bloß aus ihm geworden?

Beim Filmpalast angekommen hätte ein Eimer Wasser nicht effektiver sein können, um sein Hochgefühl im Keim zu ersticken. Vorne in der Schlange stand der Mann, dessen Namen er nicht einmal aussprechen wollte. Nein, auch denken wollte er den Namen nicht. *Fuck.*

Einen kurzen Moment gab er sich der naiven Vorstellung hin, dass Belle ihn vielleicht nicht sehen würde. Aber da das Schicksal ein verdammter Verräter war, drehte sich der Bastard im nächsten Augenblick um. Als könnte er spüren, dass Isabelle in der Nahe war. Die Verbindung zwischen den beiden war mehr, als seine Selbstkontrolle aushalten konnte. Damien war nie aggressiv oder gewalttätig veranlagt gewesen, aber in *seiner* Gegenwart mutierte er zum absoluten Höhlenmenschen.

Am liebsten hätte er sich Belle geschnappt und zurück ins Bett gezerrt. Wie bereute Damien in diesem Moment, dass sie nicht einfach liegen geblieben waren. Wessen total bescheuerte Idee war das noch mal gewesen? Jetzt musste er sie wieder mit der Welt teilen. Und das Schlimmste war, er musste sie mit *ihm* teilen.

»Hey!«

Natürlich war *er* direkt, nachdem er seine Karte bezahlt hatte, zu ihr herüber geeilt und umarmte sie. Er UMARMTE SEINE FRAU. Genau genommen hatte Belle noch nicht zugestimmt, diesen Titel zu tragen, aber Damien würde alles daran setzen, um sie davon zu überzeugen. Es brodelte in ihm, während er stumm dabei zusah, wie dieser Wichser die Fangarme um sein Mädchen schloss und sie ein Stück anhob.

Um nicht unkontrolliert um sich zu schlagen und dem Typen an den Kragen zu gehen, zählte er innerlich bis zehn und konzentrierte sich auf seinen Atem.

Ein.

Aus.

Ein.

Aus.

Es nützte nichts. Dieses ätzende Gefühl der Eifersucht bahnte sich einen Weg durch seine Adern. Damien ballte die Hände zu Fäusten und versuchte, an Isabelles Reaktion zu erkennen, was in ihr vorging. Irgendein Zeichen von ihr. Irgendwas.

»Hey Josh, lass mich mal wieder runter.«
Der Typ dachte nicht daran, oder zumindest reagierte er nicht schnell genug, deshalb mischte Damien sich ein. Er stieß ihn unsanft in die Seite, um sich seine Aufmerksamkeit zu sichern.

»Du hast sie gehört, Mann. Sie kann ganz gut alleine stehen, also lass sie runter.«
Das klang zwar nicht nett, aber gemessen an der aufgestauten Wut in seinem Bauch glich es einer Meisterleistung an Zurückhaltung.

Seine Antwort bestand lediglich aus einem selbstgefälligen Lächeln, bevor er Belle in Zeitlupe aus der Umarmung entließ.

»Und was schaust du dir an?«
Die Frage war natürlich nur an Isabelle gerichtet, Damien wurde vollkommen ignoriert. *So nicht, mein Freund.*

»WIR schauen uns *X-Men* an.«
Damien versuchte, sich an ihm vorbeizuschieben und Isabelle an der Hüfte zu packen.

Es spiegelte das klassische Platzhirschgehabe wider und er konnte Belle ansehen, dass sie es durchschaute. Zu seiner Verwunderung ließ sie seine Berührung zu und er entspannte sich ein wenig.

»Oh cool, da sehen wir uns gleich drinnen. Ich reserviere *unsere* Plätze. Wie immer.«

Mit seiner Eintrittskarte wedelnd und einem letzten abschätzigen Blick auf Damiens Hand an Isabelles Hüfte gerichtet, eilte er zum Eingang.

Damien schluckte die Galle herunter und Belle schälte sich aus seinem Griff, was er brummend zur Kenntnis nahm.

»Das lief doch ganz gut, nicht wahr?«

Darauf wollte sie nicht ernsthaft eine Antwort. Er tat es mit einem »Pff« ab. Alles andere hätte ihn nur wieder wütend gemacht und er wollte sich den Abend nicht verderben lassen.

Die gesamte Vorstellung glich einem Albtraum. Während er von einem entspannten Kinobesuch mit Belle fantasiert hatte, dessen einzige Unterbrechung darin bestehen sollte, dass sie nicht die Finger voneinander lassen konnten, geschah nichts dergleichen. *Er* hatte wie angekündigt *ihre Plätze* reserviert und Damien musste sie von der ersten bis zur letzten Filmminute mit ihm teilen. Mehr als anschmachten war nicht drin. Jeder Annäherungsversuch seinerseits wurde abgeblockt.

Damiens Frust nahm überdimensionale Ausmaße an, und die Tatsache, dass er darüber nachdachte, auf wie viele unterschiedliche Art und Weisen er *ihn* gerne umbringen würde, linderte seinen Schmerz nur unzureichend.

Da war ein stetiges Ziehen in seinem Bauch, das er so einfach nicht kannte und das er ganz sicher nicht wollte. Sein Herz hämmerte wild und ihm wurde klar, dass er sich bis über beide Ohren verliebt hatte.

Damien hasste es, sie mit ihrem Ex zu sehen und er verfluchte die Tatsache, dass zwischen ihnen keine klaren Verhältnisse herrschten und er keinerlei Besitzansprüche geltend machen konnte. Nein, eigentlich war er nur zu Gast in ihrem Leben. So wie er zu Gast auf *ihren Plätzen* war.

Er fühlte sich mies und niedergeschlagen. Wenn es Belle aufgefallen war, so verbarg sie es gut. Da sie allerdings seit gefühlten Stunden mit Joshua flüsterte, bezweifelte er stark, dass sie es überhaupt bemerkt hatte.

Als der Abspann lief, war er fast erleichtert darüber, dieser Farce endlich entfliehen zu können. Mit Wehmut dachte er an sein einstiges Hochgefühl, das ihm nun Lichtjahre entfernt vorkam. Fast wie in einem anderen Leben, dabei war es erst ein paar Stunden her gewesen. Eines hatte ihm dieser Kinobesuch allerdings unmissverständlich gezeigt: So wie es war, konnte es nicht weitergehen. Er steckte gefühlsmäßig schon viel zu tief drin. Damien lächelte traurig. Die einzige Frau, die ihn wirklich interessierte, wollte nur das Eine von ihm. Ob das ein schlechtes Karma war? Schließlich war er nicht gerade ein Chorknabe gewesen und hatte vermutlich bereits das eine oder andere Herz gebrochen. Auch wenn er immer fair gespielt hatte, waren Frauen oftmals zu schnell mit den Gefühlen dabei.

Alle – außer Belle. Die einzige Frau, bei der er sich nichts mehr wünschte, als in ihr Herz zu gelangen.

»Wollen wir?«

Isabelle schaute ihn fragend an, da er sich noch nicht von seinem Platz erhoben hatte.

»Ich kann dich auch nach Hause bringen, Isa.«

Nur über seine Leiche.

»Das wird nicht nötig sein. Sie ist mit mir gekommen und wird mit mir auch wieder nach Hause fahren.«

Damien reichte ihr eine Hand und zog sie aus dem Sitz. Kurz starrten sie einander stumm an und er versuchte, in ihren blauen Augen zu lesen.

»Dann mal los.«

Isabelle unterbrach die Verbindung und schlängelte sich an ihm vorbei.

Nachdem sie sich von dem Idioten verabschiedet hatte, bekam Damien zum ersten Mal seit gefühlten Stunden wieder richtig Luft. Sie traten hinaus in die Kälte und eine unüberwindbar scheinende Stille breitete sich zwischen ihnen aus. Der Druck auf seiner Brust verstärkte sich mit jedem weiteren Schritt.

Damien hielt inne und drehte Isabelle zu sich herum. Nach einem kurzen Moment des Zögerns beschloss er, mit offenen Karten zu spielen.

»Belle, hör mir zu. Es macht mich verrückt, wenn ich dich mit deinem Ex zusammen sehe und ich einfach nicht weiß, was genau ich für dich bin. Ich habe das nicht geplant, aber ...«

Damien griff nach ihrer Hand und sie war zu überrascht von seinem Geständnis, um in irgendeiner Weise zu reagieren. Ein flehentlicher Blick in ihre Augen verriet, dass er es absolut ernst meinte.

»Ich will so viel mehr von dir, Belle. Und vor allem will ich, dass du mehr in mir siehst. Ich ...«

Damien unterbrach den Blickkontakt und schien nach den richtigen Worten zu suchen. Worte, die noch tiefer in ihr Herz bohrten. Eigentlich hatte er ihr gerade alles gesagt, wonach sich Isabelles verletzte Seele sehnte und wogegen sie sich vehement wehrte. Dieses viel zu mächtige Gefühl jagte ihr eine Heidenangst ein und raubte ihr die hart erarbeitete Kontrolle.

Im Kino war Joshua ihr Anker gewesen, das Schutzschild, welches sie dankbar angenommen hatte.

»Sag doch was.«

Damien streichelte ihre Finger und sie spürte, wie ein hysterisches Lachen ihre Kehle hochkroch, das sie zwanghaft zu unterdrücken versuchte. Bevor Isabelle noch vor Verrücktheit platzte, gab sie nach und ein gequält klingender Laut breitete sich zwischen ihnen aus. Erschrocken über ihre eigene Reaktion war sie jedoch unfähig, diesen Schwall an Verwirrung und Empfindungen, der sie übermannte, zu kontrollieren. Panik überfiel sie. Ihr schrilles Lachen wurde zunehmend unwirklicher und schmerzhafter für Damien. Er sah sie niedergeschlagen und resignierend an, bevor er ihre Hand losließ und ihr das traurigste Lächeln schenkte, das Isabelle jemals gesehen hatte.

Wortlos ließ er sie stehen, im selben Moment, in dem ihr absolut unpassender Anfall sein Ende nahm.

Ihre Panik ebbte ab und ein leises Gefühl von Trauer nahm ihren Platz ein. Es schwelte in ihrem Körper. Sie verbot sich aber, es bis an die Oberfläche kommen zu lassen. Die Angst, es könne ihr den Boden unter den Füßen wegziehen, war einfach zu groß.

Isabelle fühlte sich nicht imstande, irgendeinen klaren Gedanken zu fassen. Der Kopf war wie leer gefegt und das Herz dröhnte schmerzend in ihrer Brust.

Was war da gerade passiert? Damit hatte sie beim besten Willen nicht gerechnet. Und noch weniger mit dem untrüglichen Gefühl des Verlustes, das sich letztendlich durchsetzte und sie gequält aufstöhnen ließ. Sie bemerkte noch, dass ihre Wangen nass waren und weitere Tränen sich ihren Weg darüber bahnten, als sie wie ferngesteuert den Heimweg antrat.

Herz über Stolz

Acht Tage waren nun vergangen, seit Damien sie vor dem Kino stehen gelassen hatte. Acht lange Tage, in denen sie kein einziges Wort von ihm gehört hatte. Acht unfassbar lange Tage, in denen sie sich eingestehen musste, dass er ihr unheimlich fehlte. Und zwar alles an ihm. Selbst seine dämlichen Nachrichten vermisste sie schmerzlich. Ihr Smartphone strafte sie mit stummer Missachtung, Ähnliches galt auch für ihre beste Freundin, die auffallend viel Zeit außerhalb des Hauses verbrachte.

Acht Tage, die sie nur überstanden hatte, weil der Feiertagstrubel mit den üblichen Familienbesuchen ihr ein wenig Ablenkung geschenkt hatte. Isabelle hatte freiwillig die ungeliebten Sonderschichten während der Feiertage im ›Form your Body‹ übernommen und sich hinterher an den Geräten ausgepowert oder aber in ihrem Zimmer verschanzt.

Die Weihnachtstage hatten sie ohnehin geplant, voneinander getrennt zu verbringen, da Damien zu seiner Familie nach England fliegen wollte. Die Planung dafür hatte schon gestanden, lange bevor sie sich kannten. Zumindest redete Isabelle sich mehr oder weniger erfolgreich ein, dass dies der Grund für sein Schweigen war.

Joshua hingegen hatte immer wieder versucht, sie zu erreichen. Nachdem sie jedes Mal mit Herzrasen ihr Handy in die Hand genommen hatte, nur um festzustellen, dass es eben nicht Damien war, fehlte ihr die Kraft, das Telefonat entgegenzunehmen.

An Silvester würde er zurück sein. Diese Tatsache bescherte ihr gleichermaßen ein Kribbeln wie auch ein mulmiges Gefühl in der Magengegend. Noch zwei Tage. Ihr Verstand riet ihr, die ungewollte Damien-Pause zu nutzen, um sich von ihm zu lösen und wieder nach ihren eisernen Regeln zu leben, die sie vor genau dieser Situation bewahren sollten. Dieser Teufel stellte einfach alles auf den Kopf und ließ sie dann vollkommen verwirrt zurück.

Unzählige Male war sie in Gedanken seine Rede noch einmal durchgegangen. Das »L«-Wort war nicht gefallen, trotzdem wusste sie genau, dass er mehr von ihr wollte, als eine zwanglose Affäre. Mehr als sie bereit war, zu geben.

Bedeutete das im Umkehrschluss das Ende ihrer Liaison?

Dieser Gedanke ließ Übelkeit in ihr aufsteigen. Ihr Magen krampfte und sie krümmte sich vor Schmerzen.

Mehr als einmal hatte sie sich in den vergangenen Tagen dabei erwischt, wie sie gedankenverloren über das Display ihres Telefons gestreichelt hatte. Sein Kontakt war aufgerufen, und ein kleines bisschen mehr Druck hätte ausgereicht, um eine Verbindung zu ihm herzustellen. Sie schaffte es nicht. Vielleicht war sie zu stolz, den ersten Schritt zu wagen. Vielleicht hatte sie aber auch Angst vor seiner Reaktion.

Sollte das wirklich das Ende sein? Eine einzelne Träne bahnte sich erneut den Weg über ihre Wange. Sie war es so leid. Diese dämlichen Tränen ließen sich einfach nicht mehr stoppen. Ständig heulte sie wie ein kleines Mädchen und fühlte sich so elendig schwach und verlassen.

Isabelle beschloss, eine Runde zu joggen und sich zu überlegen, wie sie ihm in zwei Tagen begegnen wollte. So ging es jedenfalls nicht weiter. Russel sah sie nur wenig begeistert an. In letzter Zeit musste er verstärkt als Jogging-Partner herhalten. Im Rückwärtsgang verkroch er sich hinter dem Sofa, sobald sie ihre Laufklamotten angezogen hatte. Seufzend lief sie alleine los.

Nachdem sie eine Dreiviertelstunde wahllos durch die Gegend gejoggt war, um einen klaren Kopf zu bekommen, fand sie sich vor Damiens Haus wieder. Wusste der Henker, wie sie dorthin gelangt war, scheinbar zog es sie magisch zu ihm, auch wenn er selbst gar nicht zu Hause weilte.

Kopfschüttelnd joggte sie an dem Gebäude vorbei, als sich plötzlich die Haustür öffnete. Isabelle duckte sich hinter einen buschigen Strauch, der sie glücklicherweise fast vollständig verdeckte und beobachtete, wie eine strahlende Samantha Damiens Haus verließ. Isabelle hielt den Atem an, denn nun trat auch Damien vor die Tür und drückte ihrer Freundin zum Abschied zwei Küsse auf die geröteten Wangen. Nach ihnen hüpften die Zwillinge aus dem Hauseingang und winkten ihm zum Abschied, bevor sie auf ihren Fahrrädern davonbrausten.

Isabelle war sprachlos und wusste nicht, ob sie nun heulen oder lachen sollte. Er war wieder zurück. Eine Tatsache, die sie ungemein freute und ihren Herzschlag ins Straucheln brachte. Anstatt sich bei ihr zu melden, traf er sich mit Samantha. Dies wiederum konnte sie gefühlsmäßig noch nicht einordnen. Sammy hatte mit keiner Silbe erwähnt, dass sie sich sehen würden, oder dass er überhaupt wieder zu Hause war. Aber warum nicht?

Die Haustür fiel ins Schloss und Isabelle zuckte zusammen. Sie könnte das Ganze jetzt gleich mit ihm klären, fühlte sich aber zu überfahren von der Situation. Was, wenn er sie gar nicht mehr wollte?

Sie joggte lustlos nach Hause und traf erst nach ihrer Mitbewohnerin ein.

»Hey.«

»Hallo.«

Befangenheit machte sich zwischen ihnen breit und Isabelle beschloss, wenigstens eine Baustelle in ihrem Leben zu beseitigen.

»Wann wolltest du mir eigentlich erzählen, dass Damien wieder da ist?«

Samantha wurde kurz blass, bevor ihr die Röte mit voller Wucht ins Gesicht stieg.

Interessant.

»Ich hatte nicht gedacht, dass es dich interessieren würde.«

Wie bitte?

»Was soll das jetzt wieder heißen, Sammy? Du triffst dich heimlich mit meiner Affäre und drückst mir dann noch einen Spruch rein. Was soll das Ganze?«

»Das ist er nicht mehr.«

»Was?«

»Deine Affäre. Er ist nicht mehr deine Affäre.«

Samantha blitzte sie an. Isabelle kämpfte erneut gegen die aufsteigende Übelkeit an.

»Wie lange trefft ihr euch schon heimlich? Läuft da was zwischen euch? Hast du ihn dir gleich geschnappt, nachdem ich einmal einen Fehler gemacht habe?«

»Mach dich nicht lächerlich, Isa. Für Pubertät bist du nun wahrlich schon zu alt. Du solltest dir lieber mal klar werden, was du eigentlich willst und dann hoffen, dass es nicht schon zu spät ist. Andere Frauen haben schließlich auch Augen im Kopf, und Damien wird nicht ewig trauern.«

Das ließ Isabelle schnauben und die Hände zu Fäusten ballen. Es brodelte in ihr, so wütend war sie über diese Gemeinheit.

»Willst du mir etwa drohen, Samantha? Du müsstest eigentlich am besten wissen, warum ich nicht so ohne Weiteres von einer Beziehung in die nächste schlittern kann. Du warst doch dabei. Du hast gesehen, wie sehr ich gelitten habe ... Ich ... ich fasse es einfach nicht, dass du hier stehst und ...«

Ihre Freundin ließ die unnahbare Maske fallen und blickte sie nun mitfühlend an.

»Ich weiß das alles, Isa. Er nicht. Und er versteht es nicht, was man ihm wohl kaum verübeln kann. Damien leidet genau wie du. Ihr seid einfach nur zu stolz, endlich über euren Schatten zu springen und das Offensichtliche zu akzeptieren. Oder willst du mir immer noch weismachen, dass es hier nur um Sex geht?«

Isabelle senkte gequält den Blick und nuschelte ein »Nein« als Antwort. Samantha streichelte ihr verständnisvoll über den Arm und lief mit einem »Komm endlich darüber hinweg« an ihr vorbei.

Nach einer ausgiebigen Dusche sah die Welt zwar lange noch nicht besser aus, aber zumindest hatte sich das Chaos in ihrem Kopf ein wenig gelichtet. Sie wollte Damien nicht verlieren, das war das Einzige, was sie ganz sicher wusste. Isabelle beschloss, sich an Silvester mit ihm auszusprechen. Schließlich hatten sie eine Verabredung und sie hoffte, dass er zu dieser erscheinen würde, wie es ursprünglich vereinbart gewesen war.

Der Silvesterabend kam und Isabelle schwankte mit Samantha, Maggie und Bea Arm in Arm durch die Straßen. Sie hatten bereits zu Hause ein wenig vorgeglüht und Josh und den Kindern Gesellschaft geleistet.

Joshua hasste Silvester und boykottierte auch alle anderen Feiertage, an denen man seiner Meinung nach zwanghaft gut gelaunt sein musste. Dieser Umstand kam ihnen diesmal zugute, da sie nun das weltbeste Kindermädchen und somit einen freien Abend hatten.

Nach ein paar geleerten Flaschen Prosecco befanden sie sich nun zu viert auf dem Weg zur großen Silvesterparty, die auf einem eingezäunten Gelände im Stadtpark stattfinden sollte. Dort war auch das Treffen mit Damien vereinbart, der seinerseits ein paar Freunde mitbringen wollte.

Nervös knetete Isabelle immer wieder ihre Hände, die sich trotz der kalten Temperaturen schwitzig anfühlten. Aufgekratzt fieberte sie dem nahenden Wiedersehen entgegen.

Der Stadtpark war fußläufig gut zu erreichen, sodass sie sich entspannt auf den Weg machen konnten. Dort angekommen war die Wiese bereits gut besucht und eine Menge Feierlustiger wollte gemeinsam das neue Jahr begrüßen. Isabelle suchte überall verstohlen nach einem großen, breitschultrigen Typen mit blonder Strubbelmähne, konnte ihn aber zunächst nicht entdecken. Samantha verhielt sich auffällig schweigsam neben ihr, während

Bea und Mags bereits Anschluss an eine Horde Studenten gefunden hatten, denen auch Maggies Freund angehörte.

Isabelles Herzschlag beschleunigte sich mit jedem Meter, den sie zurücklegten. Von Damien fehlte jedoch jede Spur. Nachdem eine weitere Stunde vergangen war, ohne dass sie ihn gesehen hätte, übermannte sie die Enttäuschung. Sie schnappte sich eine dargebotene Flasche und machte sich nicht einmal die Mühe, auf das Etikett zu schauen, bevor sie den Inhalt hinunterstürzte. Laut hustend setzte sie die Flasche wieder ab und starrte blicklos in die Ferne.

Wenig später dröhnte Feuerwerkslärm durch die Nacht und ein wildes Umarmen, Drücken und das Aussprechen von Glückwünschen lenkten sie für einen Moment von ihren verbitterten Gedanken ab.

Bis ihr klar wurde, dass sie sich nichts mehr gewünscht hatte, als das neue Jahr mit Damien zu beginnen. Tränen stiegen ihr in die Augen und Samantha presste Isabelle ein weiteres Mal fest an sich, um ihr Trost zu spenden.

Sie schluchzte laut in Samanthas Haare und konnte die Trauer nicht länger unterdrücken.

»Ich hab es verbockt, oder? Er will mich nicht mehr.«

Samantha streichelte ihr sanft den Rücken, bis sie sich wieder einigermaßen beruhigt hatte, und deutete dann auf ein Taxi, das am Straßenrand hielt.

»Fahr zu ihm, Isa. Ihr müsst das klären.«

Isabelle sah ihre Freundin zweifelnd an.

»Aber er ist nicht gekommen. Ist das nicht eindeutig genug?«

»Mein Gott, Isa. Er sitzt jetzt alleine zu Hause, weil er es nicht fertiggebracht hat, dir hier zu begegnen. Jetzt schlucke deinen Stolz herunter und mache einen Schritt auf ihn zu. Mehr kann ich dir nicht sagen. Tu es einfach.«

Sie klang zum Ende hin immer energischer, was Isabelle den nötigen Antrieb verschaffte, loszumarschieren und sich das Taxi zu sichern.

Isabelle drehte sich auf halbem Wege einmal kurz um und formte ein lautloses »Danke« mit den Lippen, bevor sie sich die Tränen wegwischte und entschlossen in das Taxi stieg.

Dieses Silvester würde in die Geschichte eingehen als das armseligste, das er je erlebt hatte.

Damien saß auf seinem Ledersofa und lauschte dem Feuerwerkslärm, während er sich selbst mit einem Bier zuprostete.

»Happy new year!«

Von happy war er so weit entfernt, wie es irgendwie sein konnte. Im Flatscreen an der Wand lief *Pulp Fiction* auf stumm, weil seine Gedanken so laut in seinen Ohren dröhnten, dass er nicht auch noch den Ton des Fernsehers ertragen hätte.

Fuck! Zehn Tage. Verfluchte zehn Tage hockte er jetzt in seiner Bude und wäre vermutlich verhungert, wenn Samantha ihm nicht ein paar Grundnahrungsmittel vorbeigebracht hätte. Seine Schwester war ohne ihn nach England geflogen, weil er es vor lauter Selbstmitleid nicht mal aus dem Bett geschafft hatte. Damien hatte seine Familie an Weihnachten versetzt und sich eine imaginäre Magen-Darm-Grippe zugelegt, die ihn angeblich ans Klo fesselte. Zum Kotzen war ihm tatsächlich zumute, das wiederum hatte keine gesundheitlichen Ursachen.

Zehn Tage und er vermisste Belle in jeder einzelnen Sekunde. Wie hatte er nur so blöd sein können, ihr quasi seine Liebe zu gestehen. Mein Gott, sie hatte sich gerade mal bereit erklärt, mit ihm außerhalb des Bettes Zeit zu verbringen, und er hatte gleich die ganze Hand nehmen müssen.

Missmutig stieß er sich mit der flachen Hand gegen die Stirn und schimpfte sich selbst einen Idioten. Seine Ungeduld hatte alles versaut. Auch wenn diese zwanglose Affäre für ihn von Anfang an nur eine Übergangslösung dargestellt hatte, war sie doch seine Eintrittskarte gewesen. Damien stellte die halb leere Bierflasche auf dem kleinen Glastisch ab und raufte sich die Haare. Er hatte sich in ein verdammtes Weichei verwandelt.

Samantha hatte ihn fast täglich besucht und war bestrebt, ihn aufzubauen, aber insgeheim sah er keinen Sinn mehr darin, sich Hoffnungen zu machen, wo es scheinbar keine gab. Oder warum sonst hatte Belle sich in den letzten zehn Tagen nicht ein einziges Mal bei ihm gemeldet? Nichts, nicht einmal eine einfache SMS, Weihnachtswünsche, oder weiß der Teufel was. Einfach nichts!

Um ein kleines bisschen Restwürde bemüht, hatte er sich fast selbst die Hand abhacken müssen, um sich davon abzuhalten, sich bei ihr zu melden. Tatsächlich schaffte er es, ohne zukünftig auf seine talentierten Finger verzichten zu müssen. Vermutlich war dies ganz alleine Samantha zuzuschreiben, die sich in den letzten Tagen so viel mit ihm unterhalten hatte, dass er sie wirklich lieben gelernt hat. Lieben – auf eine platonische Art und Weise.

Sammy war eine tolle Frau. All die Gespräche und die wachsende Zuneigung zwischen ihnen hatten Damien auf eine Idee gebracht. Diese würde er umgehend in die Tat umsetzen, sobald er es schaffte, seinen Kopf wieder aus dem Arsch zu ziehen.

Belle.

Damien fasste sich an seine Brust. Die Stelle über seinem Herzen zog sich schmerzlich zusammen, sobald er nur an Isabelle dachte. Scheiße, das war so kitschig, dass es einem Frauenroman hätte entsprungen sein können. Aber er fühlte es nun mal und er litt wie ein Hund.

Noch bevor er sich mehr in sein Selbstmitleid steigern konnte, klingelte es an der Tür. Erst schrak er zusammen. Bier schwappte aus seiner Flasche. Dann stellte er sich tot. Wer konnte das sein?

Seinen Freunden hatte er erzählt, dass er erst nach Silvester aus England zurückkäme, und Samantha war mit Isabelle im Stadtpark. Er horchte noch einen Moment, beschloss dann beim zweiten Klingeln, dass sein Verhalten total albern war, und öffnete die Tür.

Ein Hauch fruchtigen Duftes wehte zu ihm hinüber und entfachte ein sehnsuchtsvolles Ziehen in seinem Bauch. Dann sah er sie. Belle. Sie war gekommen.

Am liebsten hätte er sie vor lauter Freude in die Arme gezogen und nie wieder hergegeben, aber er stand nur da und bewegte sich keinen Millimeter. Vielleicht wollte sie ihn endgültig aus ihrem Leben streichen und der Affäre den finalen Todesstoß versetzen? Wie sie so vor ihm stand, das blonde Haar vom Wind zerzaust und vom Schein der Straßenlaterne indirekt beleuchtet, hatte sie schon etwas von einem kleinen Racheengel. Ihr entschlossener Ausdruck im Gesicht ließ ihn vorsichtig zur Seite treten und sie wortlos hineinbitten.

Isabelle machte ein paar Schritte in den Raum und blieb dann unentschlossen stehen. Endlich schaute sie ihn direkt an, und was das in ihm bewirkte, ließ ihn leicht zurücktaumeln. Sie hatte gerötete Augen und machte auch sonst keinen glücklichen Eindruck auf ihn. Sofort wollte er sie trösten und all das Unheil von ihr fernhalten. Im gleichen Moment wollte er sie aber auch schütteln, so lange, bis sie endlich zugab, dass da mehr zwischen ihnen war, als reine körperliche Anziehungskraft.

Weil er die Ungewissheit nicht mehr ertrug, brach er als Erster das Schweigen.

»Du bist hier.«

Es war nicht gerade eine geistreiche Meisterleistung, aber es war genau das, was er immer noch nicht fassen konnte. Was hatte ihr Erscheinen zu bedeuten?

»Ich schätze, dieses Mal werden wir darüber reden müssen?«

Sie lächelte schüchtern und kniff die Augen ein wenig zusammen. Damit hatte sie ihn. Egal, was noch kommen würde, er war bereit, zu allem Ja zu sagen, nur um sie wieder in seine Arme schließen zu dürfen.

»Möchtest du was trinken? Bier, Wasser?«

»Kaffee?«

»Kaffee«, wiederholte er und ging in seine offene Wohnküche. Er bereitete ihnen je eine Tasse zu und stellte dann Milch und Zucker vor Isabelle ab. Noch war er nicht dahinter gestiegen, wie sie ihren Kaffee trank, denn das variierte ähnlich wie ihre Launen.

Sie atmete einmal tief durch und schüttete dann Zucker und Milch in ihren Kaffee. Diese einfache Geste schien von großer Bedeutung, denn er sah, wie sich ihr Brustkorb schwer hob und senkte. Seine fragend in die Höhe gezogene Augenbraue quittierte sie mit einem weiteren entwaffnenden Lächeln. Sie war so unfassbar schön.

»Warum bist du hier, Belle?«

Sie rührte eine Weile stumm in ihrem Heißgetränk, den Blick starr auf die Arbeitsplatte gerichtet, die sie beide voneinander trennte. Dann hob sie den Kopf, schaute ihm direkt in die Augen und antwortete: »Weil ich bei dir sein wollte.«

Er starrte sie an und zwang sich abzuwarten.

»Ich habe dich vermisst.«

Mehr sagte sie nicht. Einfach nur: Ich habe dich vermisst. Und er war mit einem Schlag der glücklichste Mensch auf diesem Planeten.

Sein Herz stolperte wild in seiner Brust und sein ganzer Körper wurde von einer nicht enden wollenden Gänsehaut überzogen. Seine Mundwinkel bogen sich automatisch nach oben, was sich nach zehn Tagen ohne ein echtes Lächeln beinahe ungewohnt anfühlte.

Nach zehn Tagen ohne Belle.

»Du hast mich also vermisst, ja?«

Damien wagte einen zaghaften Schritt um die Kücheninsel herum und befahl sich selbst, Ruhe zu bewahren. Der Höhlenmensch in ihm wollte sie packen, der Gentleman sie auf Händen tragen und der Mann sie einfach nur halten. Es konnte alles und nichts bedeuten. Die Hoffnung, die sich in ihm ausbreitete, war kaum zu stoppen, doch wurde er vorsichtig, als sie die Hand hob, um ihn auf Abstand zu halten.

»Damien ... Ich ... ich habe dich wirklich vermisst. Und ich bin hier. Können wir es trotzdem irgendwie langsam angehen lassen? Ich meine, wenn du es überhaupt noch willst.«

Am liebsten hätte er ihr den verunsicherten Blick aus dem Gesicht geküsst. Natürlich wollte er sie noch, wie konnte sie das nur nicht erkennen? Jede Pore seines Körpers sehnte sich nach ihr. Sie hatte immer noch nicht von einer Beziehung oder gar von Liebe gesprochen, aber die Tatsache, dass sie zu ihm gekommen war, besänftigte ihn fürs Erste. Der Funken Hoffnung keimte in ihm.

»Einverstanden.«

Mehr brauchte es nicht und sie fand sich augenblicklich in seinen Armen wieder. Noch bevor er einen weiteren Gedanken fassen oder das Gefühl von ihr wieder in seinen Armen gebührend genießen konnte, drückte sie ihm einen stürmischen Kuss auf die Lippen. Etwas überrumpelt reagierte er zeitverzögert, was ihr scheinbar nicht schnell genug ging, denn sie drängte ihre Kurven energisch an seinen Körper und küsste ihn abermals.

Dieses Mal erwiderte er ihre fast verzweifelte Leidenschaft mit gleicher Intensität. Damien presste ihren ganzen Körper an sich und hielt ihren Kopf fest, sodass sie ihm nicht entkommen konnte. Ein Keuchen löste sich aus ihrer Kehle und ließ ihn freudig seufzen. Sie zogen und zerrten aneinander und konnten sich augenscheinlich nicht nah genug sein. Damiens Schwanz schwoll an und bereitete ihm gleich das nächste Problem.

Ihre wimmernden, flehenden Laute trieben ihn fast an den Rand des Wahnsinns und er konnte an nichts anderes mehr denken, als sich endlich wieder in ihr zu verlieren. Er sehnte sich so sehr nach ihrer nackten Haut auf seiner, dass er einen Schritt zurückwich, um sich sammeln zu können.

»Wir müssen damit aufhören, sonst kann ich es nicht langsam angehen lassen, Belle.«

Das war ein berechtigter Einwand. Auch wenn sein Schwanz anderer Meinung war und vorwurfsvoll gegen seine Jeans drückte.

Sie überwand die Distanz zwischen ihnen abermals und drängte ihn küssend in Richtung des Schlafzimmers. Während Belle an seinem Hals knabberte und der eifrige Soldat in seiner Hose einsatzbereit zuckte, hauchte sie ihm ins Ohr: »Nicht so langsam.«

Das reichte ihm, um die Beherrschung zu verlieren. Er brauchte sie jetzt. Verzehrte sich nach ihr und sie wollte es auch. Alles andere konnten sie später noch klären. Viel später.

Auf den ersten Blick

Samantha hatte Damien seit ein paar Tagen nicht gesehen und freute sich auf ihn. Am Telefon hatte er von einer Überraschung gesprochen. Das machte sie neugierig wie ein kleines Schulmädchen. Sie liebte Überraschungen. Zumindest die guten.

Obschon sie sich sehr darüber freute, dass Isabelle und Damien jetzt seit zwei Wochen mehr Zeit miteinander verbrachten und täglich näher zusammen fanden, fehlten sie ihr. Mittlerweile genossen die beiden immer häufiger die Freiheiten, die sein Haus mit sich brachte, sodass Samantha sowohl Damien als auch Isabelle schmerzlich vermisste. Es schien, als hätte die Begegnung mit ihm auch in ihr etwas verändert.

Samantha ertappte sich immer wieder dabei, wie sie die Männer in ihrer Umgebung anders wahrnahm. War sie etwa auch auf der Suche? Zugeben würde sie es vermutlich nicht gerne, aber seit ihr Ex-Verlobter Ben sie damals von einem Tag auf den anderen hochschwanger hatte sitzen lassen, spielten Männer nur noch eine Nebenrolle in ihrem Leben. Einzig ein handgeschriebener Dreizeiler, der sie darüber informierte, dass er es einfach nicht konnte, nicht bereit für die Verantwortung sei und das Jobangebot angenommen hatte, versicherte ihr damals, dass er nicht Opfer eines Gewaltverbrechens geworden war. Nein, Ben hatte sie aus freien Stücken verlassen. Während sie mit seinen Zwillingen schwanger war und von einem Haus und einer Familie träumte.

Samantha hatte damals von dem Jobangebot gewusst, und obwohl es ihr widerstrebte, ihre Heimat zu verlassen, wäre sie mit ihm zusammen gegangen.

Wie sich später herausstellte, hatte Ben ein Leben ohne sie geplant und auch ohne seine Kinder. Wenn sie bedachte, wie großartig ihre beiden Mädels geworden sind, tat er ihr fast leid. Vermutlich würde ihr Vater sie niemals kennenlernen, und was er dadurch verpasste, konnte ihm keine Arbeitsstelle der Welt bieten.

Nach all den Jahren war sie nicht mehr sauer auf ihn. Hatte sie es doch alleine mithilfe ihrer Familie und ihren Freunden geschafft. Die Enttäuschung war trotzdem geblieben.

Rebecca und Libby ähnelten ihrem Vater sehr, sodass sie ihn wohl so schnell nie vergessen würde. Trotzdem spürte sie, dass es an der Zeit war, auch in ihrem Leben eine neue Liebe zuzulassen. Samantha hielt nichts von Partnerbörsen oder Ähnlichem, aber vielleicht musste sie mal wieder öfter unter die Leute gehen und die Augen etwas offen halten. Irgendwo da draußen wartete auch ihr Mr. Right auf sie. Davon war sie überzeugt.

Ein gut gebauter, wohlbekannter Rücken erregte Samanthas Aufmerksamkeit, als sie durch das Fenster schaute. Das blonde Haar gewohnt strubbelig steuerte er die Eingangstür an. Noch bevor er klingeln konnte, riss sie die Tür auf und erstarrte.

Er taxierte sie von oben bis unten und ließ seine rechte Hand sinken, die er kurz zuvor, vermutlich um zu klingeln, ausgestreckt hatte. Sein Grübchen in der linken Wange brachte ihre Atmung ins Stocken und ließ sie leicht schwummrig werden. Irgendetwas war anders. Er war anders. Das Lächeln, das er ihr nun immer noch wortlos schenkte, gab ihr den Rest.

Samanthas Herz fing wie wild an zu galoppieren. Hitze schoss durch ihren Körper und sammelte sich schließlich in ihren Wangen. *Was war das?*

Bereits im nächsten Augenblick bekam sie ein furchtbar schlechtes Gewissen und fühlte sich schuldig ihrer Freundin gegenüber. Dieses Gefühl, was sie gerade übermannte, durfte einfach nicht sein. Samantha war hochgradig verwirrt. In all den Wochen, in denen sie sich so gut verstanden hatten, war es nie zu einer ähnlichen Situation gekommen, warum also jetzt? Hatte der Entschluss, eine neue Liebe zuzulassen, sie so empfänglich gemacht? Sie schüttelte unbewusst den Kopf und versuchte, ihre Empfindungen zu sortieren. Irgendwie Ordnung in dieses Chaos aus Schmetterlingen, Glückshormonen, Schuld und Elektrizität zu bekommen.

Es war immer noch kein einziges Wort gefallen und Samantha entdeckte ein Blitzen in seinen Augen. Warum zum Teufel schaute er sie an, als würde er sie zum ersten Mal richtig wahrnehmen. Was war das in seinem Blick, das sie regelrecht schmelzen ließ?

»Hi!«

Seine raue Stimme unterbrach die knisternde Stille. Gleich darauf streckte er ihr die Hand entgegen.

Warum zum Henker reichte er ihr förmlich die Hand, nachdem er sie gerade regelrecht mit seinen Augen verschlungen hatte? Oder hatte sie sich das eingebildet?

»Selber Hi!«, kam es über ihre Lippen. Samantha erfasste wie fremdgesteuert seine dargebotene Hand und es kribbelte überall dort, wo sich ihre Haut berührte. Sie wusste nicht, warum und vor allem hatte sie keine Ahnung, wie sie diese Gefühle wieder abstellen sollte. Verzweiflung machte sich in ihr breit.

»Du musst Samantha sein.«

Es war zwar keine richtige Frage, dennoch ließ dieser Satz sie kurz an seinem Verstand zweifeln. Was genau spielte er gerade für ein Spiel mit ihr?

»Ähm ...«

»Scheiße Mann, du hast die ganze Überraschung verdorben! Warum kannst du nie einfach nur pünktlich sein und kommst immer zu früh?«

Beide drehten den Kopf in die Richtung, aus der nun Damien kam. Damien?

Der Mann ihr gegenüber schmunzelte schelmisch und schloss seinen Bruder schulterklopfend in die Arme.

»Hey, schön dich zu sehen. Hast du ihr etwa nichts gesagt?«

Beide Männer lugten nun zeitgleich in ihre Richtung.

»Wo wäre denn da die Überraschung geblieben, und jetzt hast du es trotzdem versaut.«

Gespielt böse boxte Damien seinen Zwillingsbruder, den er immer noch nicht vorgestellt hatte. Dieser trat nun einen Schritt auf Samantha zu. Viel zu nah, um einen normalen Herzschlag zu garantieren. Ihre Atmung beschleunigte sich wie auf Knopfdruck. Sie nahm seinen intensiven Duft nach frisch gewaschener Wäsche und Duschgel war. Unbewusst seufzte sie. Als Damiens Bruder sie erreichte, schaute er ihr kurz in die Augen und klappte dann ihren Mund mithilfe seines Zeigefingers zärtlich zu. Sie hatte nicht gemerkt, dass sie scheinbar starrend und sabbernd vor ihm verharrt hatte, und war nun leicht peinlich berührt. Um dies zu überspielen, fauchte sie Damien an, der sie still beobachtet hatte.

»Kannst du mir das mal erklären?«

»Sammy, das ist Samuel.« Feixend fügte er hinzu: »Mein Zwillingsbruder!«

»Wahrhaftig und in Farbe!«, ergänzte Samuel in dem Moment und beide starrten sie erwartungsvoll an.

»Darauf wäre ich jetzt nicht gekommen.«
Sie kreuzte die Arme vor der Brust und wartete auf weitere Informationen.
Damien und Samuel tauschten einen Blick und schienen sich stumm zu unterhalten. Sie kannte das von ihren eigenen Zwillingen und es war ihr immer wieder unheimlich. Bis Samuel plötzlich nickte und »Jupp, Volltreffer« von sich gab.
Samantha tippte mit ihrer Schuhspitze wartend auf den Boden und zog die Aufmerksamkeit wieder auf sich.

»Und was für einer«, murmelte Samuel vor sich hin. Bereits auf den ersten Blick hatte er erkennen können, dass Damien ihm nicht zu viel versprochen hatte. Sein Herz polterte wie wild in seiner Brust und mit jedem Zentimeter, den er sich Samantha genähert hatte, beschleunigte sein Puls auf ein ungesundes Tempo. Nach außen hin gelassen und innerlich von jugendlicher Aufregung gepackt, hatte er ihr die Hand entgegengestreckt und nach der ersten Berührung war es vollkommen um ihn geschehen.

»Es ist irgendwie total abgedreht, dass es euch tatsächlich zweimal gibt.«
Samantha musterte Samuel prüfend und strahlte ihn dann zufrieden an. Was einen mittelschweren

Flächenbrand in seinem Inneren entfachte. Sie hatte die unfassbarste Augenfarbe, die er jemals gesehen hatte. Sie leuchteten in einem kastanienbraun, als wären sie passend zu ihren Haaren entworfen worden.

Er hatte es stets für ein kitschiges Frauengerücht gehalten. Etwas, das verbreitet wurde, um die Liebesromanindustrie zu pushen. Aber jetzt? Samuel hatte längst aufgegeben, seinen galoppierenden Herzschlag zu beruhigen. Die Hände schwitzig und der Hals trocken. So fühlte es sich also an. Liebe auf den ersten Blick. Sein Bruder hatte es gewusst, vielleicht sogar selbst gefühlt. Schließlich waren sie Zwillinge.

Lässig schlenderte Damien an Samanthas Seite und legte vertraut seinen Arm um ihre Schultern. Ohne es steuern zu können, zogen sich Samuels Augenbrauen fast unmerklich zusammen. Es störte ihn, dass Damien so selbstverständlich ihre Nähe genoss. Seinem Bruder blieb sein Mienenspiel nicht verborgen. Er lächelte wissend und richtete sich schmunzelnd an Samantha.

»Und? Hab ich zu viel versprochen? Die Überraschung ist mir gelungen, oder?«

Zu Samuels Freude rückte Samantha ein Stück von seinem Bruder ab und befreite sich aus dessen Umarmung. Fast scheu suchte sie seinen Blick und betrachtete ihn immer wieder. Neben unverhohlener Neugier konnte er auch etwas anderes in ihren

Augen erkennen. War es Erleichterung? Falls ja, worüber?

»Du hättest mich ruhig vorwarnen können.«

Sie pikste Damien mit ihrem spitzen Zeigefinger in die Brust, die er sich theatralisch hielt, während er protestierend aufjaulte.

»Wir sind allerdings grundverschieden!«, mischte Samuel sich nun in die Unterhaltung ein. Samantha kämpfte sichtlich mit einem Lächeln.

»Ja, das ist nicht zu übersehen. Ganz eindeutig.«

»Im Ernst, Sammy, schau ihn dir mal genau an. Ich bin definitiv der besser Aussehende von uns beiden.«

Damien grinste schadenfroh. Samuel wurde immer mürrischer. Am meisten störte ihn der innige Umgang zwischen den beiden. Er war regelrecht eifersüchtig auf all die Zeit, die Damien bereits mit Samantha verbringen durfte, während er in Down Under auf Selbstfindungstrip weilte.

»Hey!«

Nur ein Wort und seine ganze Aufmerksamkeit galt der Frau ihm gegenüber. Sie war auf Damiens Provokation nicht eingestiegen und versuchte vielmehr, sich mit Samuel auszutauschen. Unsicher suchte sie seinen Blick.

»Das war nur ein Scherz von mir gewesen, glaub mir, ich weiß, wie unterschiedlich Zwillinge sein können. Schließlich habe ich selbst zwei Exemplare zu Hause.«

Wie auf Befehl erschienen die beiden Zwerge hinter ihrem Rücken und blieben wie angewurzelt stehen. Die Kleine mit den zerzausten Haaren fing sich als Erste.

»Wer ist das?«

Auch das andere Mädchen in ihrem Prinzessinnenkostüm und mit den ordentlich geflochtenen Zöpfen betrachtete die beiden gleich aussehenden Männer neugierig. »Ein Doppel-Damien!«

Samuel kämpfte gegen einen ausgewachsenen Lachkrampf an.

»Hey ihr beiden, das ist mein Bruder Samuel. Genau genommen ist er mein Zwillingsbruder. Seht ihr?«

Er positionierte sich direkt neben Sam und demonstrierte das Offensichtliche.

»Das ist ja so cool«, rief die Prinzessin begeistert aus. Der kleine Wildfang musterte ihn etwas weniger enthusiastisch.

Die Kinder liefen zurück ins Haus, um Isabelle vom Neuankömmling zu berichten. Und Damien schien endlich zu spüren, dass seine Anwesenheit nun mehr als störend empfunden wurde, zumindest von Samuels Seite. So sehr er seinen Bruder auch liebte, sah er ihn doch lieber mit einem Mindestmaß an Abstand in Samanthas Nähe.

»Ja, ich denke, das wäre geklärt. Vermutlich kommt ihr auch ein paar Minuten ohne mich aus. Dann geh ich mal eben schauen, was Belle so lange drinnen treibt!«

Eine Antwort bekam er nicht, weder Sam noch Samantha konnten ihre Augen lange genug voneinander lösen, um Damien etwas zu entgegnen.

»Da wären wir also.«

Samantha trat etwas verlegen von einem Bein auf das andere.

»Ja, mir kommt es vor, als würde ich dich schon viel länger kennen. Damien hat mir so viel von dir und den Kleinen erzählt. Das alles hier wirkt surreal vertraut und zugleich aufregend fremd.«

Warum nur trug er sein Herz auf der Zunge und seinen Verstand scheinbar in der Hose. Er schwafelte wirres Zeug. Das wollte eine Frau beim ersten Aufeinandertreffen mit Sicherheit nicht hören.

»Mir hat er leider gar nichts von dir erzählt. Das ist nicht fair.«

Sam grinste nur zur Antwort und wünschte sich, dass die Zeit stehen bleiben und er diesen Moment irgendwie einfangen könnte. Er wollte Samantha für sich gewinnen, sie einnehmen und begeistern, denn er war es bereits. Hin und weg von ihr konnte er kaum seine Blicke von ihr lösen. Alles an ihr schien perfekt.

»Weißt du, ich bin ein wenig durcheinander. Damien und ich kennen uns nun schon eine Weile. Und wenn ich dich anschaue, selbst deine Stimme ist der seinen so ähnlich und du trägst Poloshirts. Das klingt vermutlich total dämlich.«

Verlegen drehte sie sich weg. Sam war froh, dass er nicht als Einziger verwirrt war, und freute sich über

ihre Offenheit, auch wenn er noch nicht genau einschätzen konnte, wie sie zu ihm stand.

»Das klingt überhaupt nicht dämlich. Dämlich
wäre es, wenn es nur mir so gehen würde.«
Samantha errötete leicht bei seinen Worten, was
ihre Attraktivität nur noch steigerte, obwohl er vorher nicht gedacht hätte, dass diese noch zu toppen
sei.

»Wollt ihr eigentlich da draußen festwachsen?
Kommt endlich rein! Es zieht.«
Damien. Sein Bruder ging ihm gerade so was von
auf den Sack. Am liebsten würde er sich Samantha
schnappen und mit ihr auf eine einsame und vor
allem Damien-lose Insel flüchten. Seine eigenen
Gedanken erschreckten ihn. Er kannte diese Frau
erst seit wenigen Minuten und hatte bereits jetzt so
ein wahnsinnig starkes Gefühl eines Besitzanspru-
ches, den er keinesfalls geltend machen konnte.
Was ihn nur noch mehr ärgerte. Seine Gedanken
rasten. Sie hatte ihn so süß angestrahlt, allerdings
war sie davon ausgegangen, dass Damien sie
besuchen käme. War da doch mehr zwischen den
beiden, als sein Bruder ihm erzählt hatte? Schweiß
brach ihm aus. Es zog unangenehm in seinem
Bauch und er konnte diese unsägliche Überlegung
nicht weiterspinnen, ohne vollends zu verzweifeln.
So etwas hatte er noch nie erlebt. Was tat sie mit
ihm?

»Verstehe mich bitte nicht falsch. Wir lernen
uns gerade erst kennen, aber ... weißt du, du hattest

mich schon beim ersten ›Hi‹ und beim Blick in deine wunderschönen Augen. Ganz ehrlich. Ich habe gesehen, wie Damien mit dir umgeht. Auch wenn ich weiß, dass er mit Isabelle zusammen ist und sie das ist, was er im Moment will, hoffe ich, dass ich für dich Samuel bin und nicht der Ersatz für einen Damien, den du im Moment nicht haben kannst.«

Jetzt war es raus und er hatte es katastrophal versaut, bevor es überhaupt anfangen konnte. Vermutlich hatte er nun mit einem Schlag alle Sympathien, die sie eventuell für ihn entwickelt haben könnte, im Keim erstickt. Ganz großes Kino. Er traute sich kaum, seinen Blick zu heben.

»Damien und ich sind Freunde. Klar, er ist heiß, aber mehr ...«

Samuel atmete erleichtert und viel zu laut aus. Peinlich. Ihm war gar nicht bewusst gewesen, dass er die Luft zuvor angehalten hatte. Nun schämte er sich fast. Mein Gott, er war doch kein Teenager mehr. Er atmete ein weiteres Mal aus und ließ ihre Antwort noch einmal Revue passieren.

»Das ist gut. Sehr gut. Du findest also, dass er heiß aussieht, ja?«

Verschmitzt lächelnd tastete er nach Samanthas Hand, zog sie aber zurück, als ihm bewusst wurde, was er gerade im Begriff war zu tun. Die Pferde gingen tatsächlich mit ihm durch. Was trieb er hier bloß? Wenn sie ihn jetzt noch nicht für einen Volldeppen hielt, war das einem Sechser im Lotto

gleichzusetzen. Er war doch sonst nicht so unbehol-
fen im Umgang mit Frauen.

Samantha überraschte ihn, indem sie seine Hand
ergriff. Sie errötete erneut, als ihre Augen sich
trafen, und zuckte leicht zusammen, als sie sich be-
rührten.

»Das fühlt sich gut an.«

Er konnte einfach seinen Mund nicht halten.

»Ja, das tut es.«

»Dann habe ich mir das nicht nur eingebildet?«

»Nein.«

»Wie wäre es, wenn wir dein Wissensdefizit
mich betreffend heute Abend bei einem Essen be-
heben?«

Samantha stutzte kurz, wandte sich dann aber
lächelnd wieder ihm zu.

»Wenn du deinen Bruder überreden kannst, den
Babysitter zu spielen.«

»Damien!«, Samuels Stimme donnerte durch
den Flur und sein Bruder kam samt Freundin um
die Ecke geschossen.

»Mein Gott, was ist passiert, dass du so rum-
brüllen musst. Ich dachte schon, Sammy wäre
ohnmächtig geworden.«

Isabelle kicherte neben ihm und war Samuel direkt
sympathisch.

»Du musst dann wohl Belle sein«, zwinkerte er
ihr zu und beobachtete mit Genugtuung, wie Dami-
en direkt den Arm um ihre Schultern legte und sein
Revier absteckte.

»Das ist so abgefahren.«

Isabelle blickte von einem zum anderen und ein katzenartiges Lächeln schlich sich in ihr Gesicht. Dann starrte sie Samantha an, der immer noch etwas Röte auf den Wangen weilte, und grinste breit.

Damien schnaubte neben ihr.

»Oh nein, denk nicht mal darüber nach, Belle!«

Ihr unschuldiges Engelsgesicht brachte jetzt auch Samuel zum Lachen. Selbst wenn er noch nicht wusste, worum es in dieser stillen Kommunikation ging.

»Ich bin auch nur ein weibliches Wesen mit Puls und ihr beide ... Jeder für sich ist schon ...«

Isabelle taxierte Samuel, dem ganz warm wurde bei ihrem Blick.

»Aber in Kombination seid ihr direkt einem feuchten Frauentraum entsprungen.«

Beide Männer ließen synchron die Köpfe hängen und schnaubten unisono. Zum Sexobjekt degradiert, das waren ja Aussichten.

»Na kommt schon, jetzt tut doch nicht so, als hättet ihr noch nie Angebote in dieser Richtung bekommen.«

»Isa!« Samantha wirkte nur gespielt entsetzt, ob sie sich ihn und seinen Bruder auch in Kombination wünschte? Samuel schüttelte sich bei dem Gedanken, während Damien für ihn antwortete.

»Ja, vor langer, langer Zeit ...«

» ... in einer weit, weit entfernten Galaxie«, ergänzte Samuel, als hätten sie sich abgesprochen.
Alle vier brachen in schallendes Gelächter aus und
es wurde höchste Zeit für einen Themenwechsel.

»Sam und ich wollen heute Abend essen gehen. Das
heißt du, mein lieber Bruder, hast soeben einen
Babysitter-Job gewonnen.«

Damien schaute kurz zu Isabelle und nickte dann
ergeben.

Erleichtert richtete Samuel seine Aufmerksamkeit
wieder auf Samantha. Sie Sam zu nennen, war
irgendwie seltsam und schön zugleich. Er hoffte
inständig, dass sie an dem Abend noch mehr
Gemeinsamkeiten als die Kurzform ihrer Namen
herausfinden würden.

Samuel überlegte, wie es wohl klingen würde, wenn
sie seinen Namen stöhnte, während er immer
wieder in sie eindrang und ihr höchste Lust verschaffte. Das galt es ebenfalls noch herauszufinden,
wenn auch nicht sofort. Nicht sofort, wiederholte er
ein weiteres Mal stumm, da sich sein Schwanz
bereits einsatzbereit regte.

Als sie neben ihm zu lachen begann, konnte er sich
allerdings fast nicht vorstellen, dass ein anderes
Geräusch die Schönheit dieses Klanges übertreffen
konnte.

Mein Gott, ihn hatte es so was von erwischt. Jetzt
durfte er es nur nicht in den Sand setzen. Hier mit
einem Halbsteifen in der Hose zu stehen und sie

anzugaffen, war vermutlich nicht die cleverste Vor-
gehensweise.

»Wie lautet denn nun deine Geschichte?«
Erwartungsvoll sah Samantha Samuel an.

»Meine Geschichte? Du willst die nackten Fak-
ten direkt beim ersten Date besprechen?«

»Es fühlt sich nicht an wie ein erstes Date.«

»Nicht? Wie fühlt es sich denn dann an?«

»Erschreckend perfekt«, entgegnete Samantha,
ohne zu zögern.

»Erschreckend perfekt also?« Ein Lächeln bog
seine Mundwinkel nach oben und ließ Samuel wie
einen kleinen, frechen Jungen aussehen.

»Ja. Wie fühlt es sich für dich an?«
Er überlegte kurz, bevor er antwortete: »Ein bisschen wie nach Hause kommen.«

»Das ist verrückt, nicht wahr?«

»Erschreckend verrückt.«
Beide lachten gleichzeitig auf und er bedachte sie
mit einem Blick, der eine unerwartete Hitzewelle in
ihrem Körper auslöste.
Samantha räusperte sich leicht verlegen und
konzentrierte sich wieder auf die Speisekarte des
kleinen italienischen Restaurants. Vor langer Zeit,
gefühlt in einem anderen Leben, war sie einmal mit
Ben dort gewesen. An ihn wollte sie jetzt ganz

sicher nicht denken. Die Augen fest auf die Karte auf ihrem Tisch gerichtet zupfte sie an ihrer karierten Serviette herum. Nichts schien im Moment wichtiger, als dieser Aufgabe nachzugehen.

Nachdem der Kellner ihre Bestellung aufgenommen hatte und sie aus dem riesigen Angebot tatsächlich genau das gleiche Gericht ausgewählt hatten, stahl sich abermals ein Lächeln in ihre Züge. Sie wollte mehr über ihn erfahren.

»Was ist nun mit deiner Geschichte, Samuel?« Samantha wappnete sich innerlich, hob ihren Blick und versank in seinen grün leuchtenden Iriden. Neugierig musterte er sie. Zu der unsäglichen Hitze in ihrem Körper gesellte sich ein aufgeregtes Flattern, das sie überall kribbeln ließ. Samuel räusperte sich, bevor er weitersprach.

»Die kurze oder die lange Version?« Zwei Grübchen vertieften sich in seinen Wangen und ließen sie fast schwindelig zurück. Dieser Mann war so unfassbar schön, dass sie Stunden damit verbringen könnte, ihn einfach nur stumm anzuschmachten. Hatte er gerade etwas gefragt? Ach ja. Seine Geschichte.

»Beginnen wir doch mit der kurzen und wenn sie Potenzial hat, höre ich mir auch gerne die lange Version an.« Sie schmunzelte und fühlte sich wieder etwas weniger befangen. Samuels Nähe war vertraut und fremd zugleich. Diesen Umstand versuchte sie bestmöglich zu verdrängen und widmete ihre volle

Aufmerksamkeit nun seinen Ausführungen. Unweigerlich huschte ihr Blick hinüber zu seinen Lippen, die in diesem Moment wieder ihre Arbeit aufnahmen. Sie glitzerten verführerisch, da er sie erst kurz zuvor mit seiner Zungenspitze befeuchtet hatte. Was diese scheinbar harmlose Geste mit ihr anstellte, behielt sie besser für sich.

»Die Herausforderung nehme ich gerne an. Als Schriftsteller sollte es doch ein Leichtes sein, dich für meine Geschichte zu begeistern.«
Siegessicher rieb Samuel seine Hände aneinander und schien kurz über den richtigen Einstieg nachzudenken. Wieder glitt diese vorwitzige Zunge über seine Lippen und stellte unverschämte Dinge mit ihrem inneren Gleichgewicht an. Ihr Kopfkino lieferte das passende Bildmaterial in einer FSK-18-Spätvorstellung. Samantha seufzte bei dem Gedanken an all die anderen Situationen, bei denen seine Zunge sie begeistern könnte. Unfassbar, was seine bloße Präsenz gepaart mit ihrem nicht vorhandenen Sexleben mit ihr anstellte.

»Möchtest du mich denn begeistern?«
Dieser Satz fiel dann vermutlich unter zeitweilige Unzurechnungsfähigkeit wegen akuter Lippenablenkung. Anders konnte Samantha sich nicht erklären, warum sie jeden noch so unreifen Gedanken ungefiltert wiedergab. Mit Sicherheit wurde sie jetzt auch noch rot. In Samuels Gegenwart gehörte dieser neue Farbton fast zur Standardausstattung

ihrer Wangen. Dennoch fühlte sie sich so wohl wie seit Ewigkeiten nicht mehr.

»Aber unbedingt!«

Seine Antwort folgte so spontan und voller Überzeugung, dass es sie zum Kichern brachte.

»Na, dann schieß los.«

Samantha drehte die ersten Nudeln auf ihre Gabel und wartete gespannt.

»Okay. Also ich bin vor zweieinhalb Jahren nach Adelaide gezogen. Der Umzug hatte mehrere Gründe, einer davon war die Chance, an einem einmaligen Buchprojekt mitzuarbeiten. Meine damalige Freundin tat sich mit der Fernbeziehung sehr schwer. Es war von Anfang an klar gewesen, dass ich nur für eine gewisse Zeit in Australien bleiben würde, trotzdem hat sie mir schon nach ein paar Wochen die Hölle heißgemacht. Sie wurde immer extremer, steigerte sich in Dinge hinein, die nicht vorhanden waren. Bis sie schließlich drohte, mich zu verlassen.«

Samuel schluckte kurz und stockte in seiner Erzählung.

»Ihre Ärztin hatte ihr ein leichtes Antidepressivum verschrieben, um die räumliche Trennung und die ganze Situation besser verkraften zu können. Kurzum: Ich zog zurück zu ihr. Zwei Wochen später trennte sie sich von mir mit der Begründung, dass ihre Gefühle für mich angeblich nicht mehr ausreichten. Ich hatte großes Glück, dass ich zurück nach Adelaide konnte, um weiter an dem Projekt zu arbeiten. Es lief gut. Die Trennung von Maddie und auch die von meinem Bruder haben mir erstaunlicherweise sehr gutgetan. Weißt du, er und ich waren immer schon unzertrennlich und gleichzeitig die größten Konkurrenten. Ich konnte mich nicht mehr weiterentwickeln an seiner Seite und die Person werden, die ich wirklich sein wollte. Ich denke, das bin ich jetzt. Daher wollte ich zurückkommen. Außerdem hat er mich neugierig auf sein jetziges Leben gemacht und auch auf dich.«

Sein Blick wurde weich, wanderte wie eine Liebkosung über ihr Gesicht und ihr Verstand verabschiedete sich winkend in den Urlaub. Was blieb, war ein ganzer Schwarm flatternder Schmetterlinge in ihrem Bauch.

»Okay, das war vermutlich die längste Kurzversion, die ich je bekommen habe.«

Sie wusste im ersten Moment nichts anderes darauf zu entgegnen. Mit dieser Offenheit hatte sie nicht gerechnet, also schob sie sich erst einmal eine weitere Gabel voll Nudeln in den Mund.

»Und neugierig auf mehr?«

Sams tanzende Augenbrauen und der Schalk in seinen Augen sorgten erneut für einen albernen Kicheranfall. Er sah atemberaubend aus, wenn er lachte. Ach was, er sah auch anbetungswürdig aus, wenn er nur atmete.

Die Atmosphäre veränderte sich. Eine fast greifbare Spannung stellte sich ein. So wie Sam ihre Lippen fixierte, war sie sich sicher, dass er es auch fühlen konnte. Ein Strahlen stahl sich in ihr Gesicht, das er unvermittelt spiegelte.

»Immer!«

Frauengespräche unter Männern

*D*ie Tage vergingen und Damien war sehr froh, seinen Bruder wieder in der Nähe zu wissen. Sie hatten sich immer schon gut verstanden und er hatte ihn in den letzten Jahren schmerzlich vermisst.

Jetzt, Ende Februar, hatte sich so viel verändert in ihrer beider Leben. Samuel war glücklich mit Samantha. Auch wenn alles rasend schnell ging, schien es doch von einer Festigkeit und Bestimmtheit, die er sich auch für seine Beziehung wünschte.

Als Damien im Dezember beschlossen hatte, Samantha und Samuel irgendwie zusammenzubringen, hatte er sich nicht träumen lassen, dass ein einziger Blick ausreichen würde, um dieses Band zu flechten.

»Manchmal reichen schon fünf Sekunden«, hatte sein Bruder ihm versichert. Und obwohl er zu dramatischen Auftritten neigte und die schwachsinnigsten Ideen produzierte, liebte Samantha ihn, das konnte jeder überdeutlich sehen.

Isabelle und er hingen in einer Dauerschleife fest. So kam es Damien jedenfalls vor. Es ging nicht vorwärts und zurück war für ihn keine Option. Wenn er mit ihr alleine war, ließ sie sich fallen und öffnete sich ihm. Nur ein Thema war immer noch absolut tabu. Beziehungen.

Sobald ihr Ex-Freund sich meldete, war sie wie ausgewechselt. Es mochte daran liegen, dass ihm selbst in diesen Situationen die nötige Gelassenheit fehlte. Anfangs hatte sie seine Anrufe in Damiens Gegenwart nicht angenommen. Da ihn das zunehmend misstrauisch gemacht hatte, suchte er das Gespräch mit ihr und fand heraus, dass sie es ihm zuliebe nicht tat. Damien hatte sie daraufhin gebeten, einfach die Telefonate anzunehmen. Belle hörte dummerweise auf ihn, sodass er unfreiwillig Zeuge einiger Unterhaltungen wurde. Damien konnte ihnen nichts vorwerfen. All die Gesprächsfetzen, die er aufschnappte, während er angestrengt so tat, als würde er nicht zuhören, waren unverfänglich, freundschaftlich. Das Vertraute, das zwischen den Zeilen durchklang, bereitete ihm jedoch stetig wachsende Bauchschmerzen.

Die Tatsache, dass Isabelle immer noch nicht offen von einer vollwertigen Beziehung sprach, oder gar von Liebe, verstärkte das ungute Bauchgefühl in ihm. Alles, was sie teilten, war so furchtbar verletzlich und er befürchtete, dass er sie jederzeit wieder verlieren konnte.

»Hey Mann, seit wann rauchst du wieder?«
Samuel setzte sich neben Damien auf die Gartenbank und klopfte ihm auf die Schulter.

»Tue ich nicht.«

»Okay. Was machst du dann?«

»Ich halte sie einfach nur in der Hand.«

»Das sehe ich. Ich rede nicht von der Zigarette, sondern von dir, du Idiot.«

»Ich denke nach.«

Damien wollte seine Ruhe, um noch ein bisschen in Selbstmitleid baden zu können. Was er jetzt ganz sicher nicht gebrauchen konnte, war ein Bruder, der viel zu viel sah und vor dem er seine Gedanken nicht verbergen konnte. Mit den Ellenbogen auf den Knien abgestützt, schielte er zu ihm hoch und blickte in funkelnd grüne Augen, die seinen so ähnlich sahen und ihn viel zu interessiert musterten.

»Wie läuft's mit dir und Sammy?«

Samuel zog eine Augenbraue skeptisch hoch und Damien wusste im selben Moment, dass er aufgeflogen war.

»Gibt's Ärger im Paradies, oder warum versuchst du, von deiner eigenen Situation abzulenken?«

»Welches Paradies?«, schnaufte Damien und schnippte die halb abgebrannte Zigarette auf den Boden. Mit der Fußspitze trat er sie aus, während er seinen Bruder nicht zum ersten Mal um sein unbeschwertes Glück beneidete.

Er wollte auch so etwas. Samantha und er haben sich gesehen und alles war sofort klar. Sein Bruder hatte direkt den Neandertaler rausgekehrt und selbst ihn von seiner Angebeteten ferngehalten. Statt wegzulaufen ist sie direkt in seine Arme gefallen. Ende der Geschichte. Die beiden waren so ekelerregend glücklich, dass man bereits vom Zuschauen einen Zuckerschock bekam.

Trotz allem wollte er so etwas auch. Nicht mit Sammy, aber mit Belle. Warum konnte es bei ihm nicht genauso einfach sein?

»Ich weiß nie, woran ich bei ihr bin. Sind wir zusammen, ist es nahezu perfekt, aber wenn er auftaucht, dann sehe ich rot. Ich verhalte mich total irrational. Sie hasst es, wenn man sie einengt und trotzdem will ich sie am liebsten in mein Haus schleppen und ans Bett binden, damit sie nur mir alleine gehört.«

»Okay Mann, ich wusste nicht, dass du auf Fesselspielchen stehst.«

Samuel grinste schief.

»Du weißt genau, wie ich das meine.«

»Oh ja. Am Anfang hätte ich Sam sogar gerne vor dir versteckt, um sie für mich alleine zu haben.«

»Du weißt, dass da nie was zwischen uns war, oder?«

Damien blickte seinem Bruder fest in die Augen. Er wollte, dass er die Wahrheit darin sehen konnte, da er insgeheim wusste, dass ein winzig kleiner Teil von ihm immer noch an Sammys Gefühlen zweifelte.

»Ich weiß, Mann. Was ist denn eigentlich zwischen Isabelle und Josh vorgefallen? Sam macht immer nur Andeutungen, will mir aber auch nichts erzählen.«

Damien seufzte.

»Wenn ich das nur wüsste. Ich kann mir nicht vorstellen, dass er sie nicht mehr liebt. Dass es nur Freundschaft ist zwischen den beiden. Ich habe schließlich Augen im Kopf und weiß, wie er sie anschmachtet. Als wäre sie seine verdammte zweite Hälfte. Ich kenne diesen Blick, weil ich ihn jeden Tag im Spiegel sehe.«

Damien war sich nicht sicher, wann sie das letzte Mal überhaupt ein Gespräch in dieser Richtung geführt haben. Er fühlte sich entblößt und zugleich erleichtert, endlich einmal mit einem Mann über seine Gefühle sprechen zu können. Seine Freunde würden ihn vermutlich auslachen oder veralbern. Samuel saß im gleichen Boot und wusste, wovon er sprach.

»Scheiß Situation, Bro. Ich weiß nur, dass Josh so eine Art Familie ist. Ich schätze, du wirst dich irgendwie mit ihm arrangieren müssen. Zwinge sie bloß nicht dazu, sich zu entscheiden, wenn du dir nicht ganz sicher bist, dass die Wahl auf dich fällt.«

»Schätze, ich werde sie noch ein wenig von meinen Qualitäten überzeugen müssen, bis wir so weit sind.«

Er bemühte sich darum, es scherzhaft klingen zu lassen, um dem schmerzhaften Thema ein wenig Leichtigkeit zurückzugeben.

»Brauchst du ein paar Tipps?«

Samuel ließ seine Augenbrauen tanzen und brachte ihn damit zum Lachen.

»Nein, du Arsch.«

»Dann sind wir jetzt fertig mit Pussytalk?«
Als Antwort bekam er nur einen Schlag auf die
Schulter und ein dankbares Lächeln.

»Immer wieder gerne, Bro.«
Samuel erhob sich, um zurück ins Haus zu gehen,
drehte sich dann aber noch einmal um.

»Apropos Qualitäten. Ich hätte da noch einen
kleinen Anschlag auf dich vor. Bist du dabei?«

»Wobei genau?«
Damien blickte seinen Bruder skeptisch an. Dieser
grinste nur blöd und Damien wusste, dass es sich
wieder um einen seiner zweifelhaften Einfälle handelte.

»Na gut.«

»Samuel Lukas Wendt, wie lange willst du mich
noch dabei beobachten, wie ich deinen Bruder küsse? Beweg deinen Arsch hierhin!«
Samantha keifte nach Leibeskräften, wohlwissend,
dass die neugierigen Ohren ihrer Zwillinge außer
Hörweite waren.

»Du hast es gewusst? Wie hast du es gemerkt?«
Das enttäuschte Gesicht von Damien schüttelte sie
durch vor Lachen. Hatte er wirklich gedacht, dass
sie auf diesen billigen Trick reinfallen würde?
Männer!

»Natürlich habe ich gewusst, dass du nicht Sam bist. Was wäre ich denn wohl sonst für eine miese Freundin?«

Triumphierend blitzte Samantha ihren Freund an, der sichtlich stolz hinter einer Hecke hervortrat.

»Woran hast du es gemerkt«, wollte jetzt auch Samuel wissen, »du bist die Erste, die uns auseinanderhalten kann«, fügte er bewundernd hinzu.

Samantha erhob sich von Damiens Schoß und blickte von einem zum anderen.

»Also erstens hast du deinen ganz eigenen Geruch, und damit meine ich nicht dein Parfüm, in dem Damien scheinbar gebadet hat.«

Sie trat einen Schritt näher an ihren Freund heran.

»Zweitens gibt es da dieses winzige herzförmige Muttermal an deinem linken Ohrläppchen.«

Samuel griff an sein linkes Ohr und sein Atem beschleunigte sich, als Samantha nun ganz nah an ihn herantrat.

»Und drittens ...«

Sie küsste ihn zärtlich auf seinen leicht geöffneten Mundwinkel.

»Drittens fängt mein Herz nur in deiner Nähe wie wild an zu schlagen.«

Immer noch atemlos blickte Samuel ihr tief in die Augen, bis ihn scheinbar ein Gedanke streifte.

»Wenn du Damien also sofort erkannt hast, warum hast du ihn dann geküsst?«

Seine Augenbrauen zogen sich zu einer Linie zusammen und bildeten eine tiefe Furche auf seiner Stirn.

»Um dich zu ärgern. Glaubst du, ich lasse mich ungestraft hinters Licht führen?«
Damien hatte der Unterhaltung bis hierhin stumm gelauscht und prustete nun los.

»Kumpel, Sammy hat dich so was von an den Eiern. Der machst du so schnell nix vor!«
Samantha richtete ihre Aufmerksamkeit auf Damien.

»Geh du mal lieber schnell ins Haus und erkläre Isa, warum du bei diesem dämlichen Spiel überhaupt mitgemacht hast.«
Sie deutete mit ihrem Finger auf das Wohnzimmerfenster, vor dem ihre Freundin mit in den Hüften gestemmten Händen Posten bezogen hatte und das Schauspiel sichtlich skeptisch beäugte.

»Und sag ihr, dass es nur ein Schmatzer war.«

»Scheiße.«
Damien wirkte angemessen zerknirscht und sprintete bereits los.

»Wer hat hier wen an den Eiern, Bruder?«
Das konnte sich Samuel wohl nicht verkneifen und fiel mit Samantha im Arm in johlendes Gelächter.
Dann stoppte er abrupt und blickte ihr zärtlich in die Augen.

»Ich liebe dich, Sam.«
Die Eindringlichkeit seines Blickes ließ sie freudig am ganzen Körper kribbeln. Ein wilder Schwarm

Schmetterlinge flatterte aufgescheucht in ihrem Bauch umher.

»Ich liebe dich auch, Sam.«

Es war schön, wieder jemanden zu haben, bei dem man es sagen konnte.

»Dann müssen wir jetzt nur noch deine Mädels davon überzeugen, dass ich ihre Mom unglaublich glücklich machen werde und Teil dieser Familie sein möchte.«

Samantha stutzte und musterte ihn fragend. Libby und Rebecca waren ihm gegenüber sehr offen gewesen und sie hatte nicht das Gefühl, dass es in dieser Hinsicht irgendwelche Probleme gab.

»Was meinst du damit?«

»Becks sieht mich immer so lauernd an. Fast als würde sie erwarten, dass ich bald wieder verschwinde. Ich kann überhaupt nicht in ihren kleinen Kopf schauen, während sie meinen Bruder quasi vergöttert.«

Er schnaubte.

»Ich bin eifersüchtig auf ihn«, gab er schließlich zu. Samantha lächelte verstehend.

»Die beiden haben sich irgendwie von Anfang an verstanden. Ich bin selbst noch nicht ganz dahinter gestiegen, was es damit auf sich hat. Und was den Rest angeht: Du weißt, dass sie ihren Vater nie kennengelernt haben. Die einzigen männlichen Bezugspersonen in ihrem Leben waren bisher mein Vater und Josh. Nachdem meine Eltern ihre Weltreise angetreten haben und Joshua sich ein Jahr lang nur noch sporadisch hat blicken lassen, existiert da vielleicht eine Art Grundmisstrauen dem männlichen Geschlecht gegenüber. Ich weiß es nicht genau. Anders kann ich es mir nicht erklären. Aber sie mögen dich alle beide. Das weiß ich. Anders wäre es mir auch nicht möglich gewesen, dich so schnell in unser Leben zu lassen.«

Samuel ergriff ihre Hand und streichelte ihr zärtlich über den Handballen.

»Wusstest du, dass Rebecca mich absichtlich Damien nennt?«

»Quatsch, vielleicht hat sie euch verwechselt.«

»Nein, glaub mir, sie kann uns recht gut auseinanderhalten. Ich sehe es an dem Blitzen in ihren Augen, wenn ich ihr sage, dass ich es bin. Da ist kein Funken Überraschung.«

Samantha blickte herüber zum Hauseingang, von wo aus sie Rebecca auf Damiens Arm erkennen konnte. Eigentlich war sie schon viel zu groß, um dauernd getragen zu werden, aber für Damien spielte sie öfter mal das kleine Mädchen, wenn sie schon nicht seine Prinzessin sein wollte.

Apropos Prinzessin. Libby stolzierte geradewegs in einem solchen Kostüm auf sie zu und stellte sich neugierig in ihre Mitte.

»Sam? Ich hab ja bald Geburtstag und da werde ich vier.«

»Ich weiß, Maus«, antwortete Samuel liebevoll und zog sie auf seine Arme, damit sie nicht gegen die Sonne anblinzeln musste.

»Hast du schon ein Geschenk für mich? Mit vier braucht man nämlich Kinderschminke. Und Kindernagellack.«

»Ist das so?«

Er lächelte ihre Tochter an wie einen kostbaren Schatz. Samantha war so glücklich darüber, dass er scheinbar auch ihre Zwillinge direkt in sein Herz geschlossen hatte.

Nachdem Libby eifrig nickte, breitete sich ein verschwörerisches Grinsen auf seinen Lippen aus.

»Na dann wollen wir doch mal schauen, was sich da machen lässt.«

Libby zappelte unruhig auf seinen Armen und Samuel setzte sie wieder auf dem Boden ab. Damien und Rebecca kamen zu ihnen herüber und taten sehr geheimnisvoll. Wie eigentlich fast immer. Samantha verstand, was Samuel damit meinte, aber sie fand es nicht schlimm, dass ihre Töchter selbst entschieden, mit wem sie ihre Zeit verbrachten. Rebecca lehnte Samuel nicht ab. Und wenn sie mit beiden Männern zurechtkam, sollte es ihr nur recht sein.

Der Kindergeburtstag kam eine Woche später und Samuel wirkte beinahe aufgekratzter als ihre Zwillinge. Er hatte ihr bei den Vorbereitungen geholfen und sie hatte sich gleich noch ein bisschen mehr in ihn verliebt.

Während sich Libby bereits ihr Prinzessinnen-Schminkset abgeholt hatte und damit wild durchs ganze Haus tänzelte, trudelten so langsam auch die anderen Bewohner in der Küche ein. Isa und Damien wirkten leicht verschlafen. Während ihre Freundin gähnte, drückte Damien ihr einen Kuss auf die zerknautschte Schläfe und neckte sie mit einem neuen Kosenamen.

»Na Sleepyhead, hast du nicht genug Schlaf bekommen heute Nacht.«

Isas Antwort bestand aus einem Boxhieb in Damiens Seite und einem anschließenden Schmatzer auf die Wange.

»Es muss an deinem Schnarchen gelegen haben.«

Samantha und Samuel lachten, während Damien Isabelle durchs Haus jagte, die quiekend vor ihm davonlief. Seufzend stellte Samantha fest, dass ihr Leben gerade sehr perfekt war und sie extrem glücklich, diese Menschen in ihrem Leben zu haben.

Als Letzte schlurfte Rebecca mit Melly unter dem Arm die Treppen herunter und beobachtete das lärmende Schauspiel. Ihre Mutter zog sie rasch in ihre Arme und gratulierte ihr zum Geburtstag. Anschließend durfte sie die Kerzen auf ihrem selbstgebackenen Geburtstagskuchen auspusten und sich etwas wünschen. Beide Mädels hatten einen eigenen Kuchen bekommen und dazu noch einen ganzen Haufen Geschenke.

Da Samantha wusste, wie wichtig es ihm war, flüsterte sie ihrer Tochter zu, dass Samuel eine tolle Überraschung für sie hätte. Neugierig spähte die Kleine zu ihm hoch und er überwand die Distanz zwischen ihnen, indem er sie schwungvoll hochhob. Im ersten Moment war Rebecca überrumpelt, da Sam sich ihr gegenüber immer etwas zurückhaltender gezeigt hatte. Sie sagte aber nichts.

»Alles Liebe zu deinem Geburtstag, kleine Lady.«

Ein zaghaftes Lächeln umspielte ihre Mundwinkel.

»Ich dachte mir, dass du dich vermutlich über Kinderschminke und Kindernagellack nicht ganz so sehr freuen wirst wie deine Schwester.«

Rebecca verzog angewidert das Gesicht und sah einfach nur zum Brüllen aus.

»Siehst du. Und genau deshalb habe ich eine andere Überraschung für dich.«

Samuel setzte sie auf dem Boden ab und überreichte ihr feierlich einen Karton. Rebeccas Geduld war dann nun doch nicht unendlich und sie riss das Papier von der Verpackung, bis sie einen lauten Jubelschrei ausstieß und triumphierend einen Ball in die Höhe hielt.

»Cool, ein Ball«, kommentierte Isa, während Samuel die Augen verdrehte.

»Das ist nicht einfach nur ein Ball. Das ist der Europameisterschaftsball.«

Rebecca drückte das Geschenk stolz an ihre Brust und schenkte Sam ein so aufrichtiges, dankbares Lächeln, dass Samantha Tränen in den Augen standen.

»Das ist noch nicht alles«, sagte er sanft. »Schau noch mal rein.«

Ganz unten im Paket fand Rebecca das zweite Geschenk und zog ein langes Stück Stoff heraus. Sie betrachtete es von allen Seiten, aber erst als Damien erwähnte, dass es Sams altes *David Beckham*-Trikot war, konnte die Vierjährige etwas damit anfangen. Voller stolz zog sie es sich über ihre Kleidung und verschwand fast vollständig darin.

Samuel betrachtete sie ganz gerührt.

»Da wächst du schon noch rein. Irgendwann wirst du mal so gut Fußballspielen wie der große Becks.«

Rebecca streckte ihm ihre kleine Hand entgegen und fragte: »Kommst du mit mir üben?«

Jetzt kullerte Samantha doch eine kleine Träne aus dem Augenwinkel, die sie verlegen wegwischte. Alles würde gut werden.

Dare to dream

*D*ie beiden sind so süß zusammen.«
»   Isabelle beobachtete ihre Freundin aus den Augenwinkeln, diese strahlte unübersehbar mit der Sonne um die Wette und schien rundum glücklich.

»Ja, das passt. Ich hatte mir zwar gedacht, dass sie sich mögen würden, aber dass man sie quasi chirurgisch voneinander trennen muss, wenn man die geballte Ladung Endorphine nicht erträgt, hätte ich auch nicht vermutet.«
Damien verlagerte seine Position und betrachtete Isabelle nachdenklich, wie sie es schon oftmals an ihm beobachtet hat.

»Meinst du, es hält für immer?«

»Schwer zu sagen. Meinen Bruder hat es voll erwischt. Für ihn ist Samantha die perfekte Frau.«

»Ich würde mir wünschen, dass es hält. Sie hat es verdient, dauerhaft so glücklich zu sein. Nach dem ganzen Ärger mit Ben.«
Alleine bei seinem Namen zog sich alles in ihr zusammen und Wut stieg auf.

»Du hast mir nie erzählt, was eigentlich passiert ist.«
Isabelle musterte Damien und entschied sich für die kurze Version dieser leidigen Geschichte.

»Ben war Sammys große Liebe. Sie waren schon fünf Jahre zusammen, als sie unerwartet schwanger wurde. Zumindest unerwartet für Ben. Sammy hat sich immer schon Kinder gewünscht und vielleicht etwas zu nachlässig ihre Pille genommen. Als Ben von seiner nahenden Vaterschaft erfuhr, war er erst mäßig begeistert. Irgendwann schien er sich aber mit dem Gedanken angefreundet zu haben und sie schmiedeten Pläne. Ungefähr zwei Monate vor dem errechneten Geburtstermin erhielt er ein Jobangebot von einer renommierten Kanzlei. Für Sammy war immer klar gewesen, dass sie ihre Kinder hier aufziehen wollte, trotzdem überlegte sie, ihm zuliebe wegzuziehen. Diese Entscheidung hat er ihr allerdings abgenommen, indem er in einer Nacht- und Nebelaktion abgehauen ist.«

Isabelle seufzte. Damien schwieg nachdenklich.

»Er hat sich in der ganzen Zeit nicht ein einziges Mal gemeldet oder nach den Kindern erkundigt. Ich dachte immer, die beiden würden ewig zusammenbleiben.«

In Gedanken fügte sie hinzu: *Genauso wie ich dachte, Josh und ich wären für immer ein Paar.*

»Vielleicht ist die ewig währende, große Liebe doch nur ein Traum.«

Damien hatte sich bei ihrem letzten Satz zu ihr gedreht und Zärtlichkeit trat in seinen Blick.

»Dann wage es zu träumen, Belle.«

Sie hatte das Gefühl, dass er ihr noch viel mehr sagen wollte, aber er schwieg. Isabelle drückte ihm einen kleinen Kuss auf den Mundwinkel, der ihm zeigen sollte, dass sie es versuchen wollte. Und er verstand.

»Hast du Sammys Tattoo gesehen?«

»Welches meinst du? Sie scheint ein Faible für Tattoos zu haben, ich kann immer mal wieder Ansätze sehen, aber keines ganz.«

»Der Traumfänger in ihrem Nacken. Er ist so wunderschön. Irgendwann lasse ich mich auch mal tätowieren, vielleicht hier auf meinem Handgelenk.«

Isabelle deutete auf die entsprechende Stelle und schwelgte in Fantasien über ein mögliches Motiv.

»Würde dir denn ein Traumfänger gefallen?«

»Ja, aber er müsste schon irgendwie besonders aussehen. Ich liebe den von Sammy, aber ich will auf keinen Fall denselben haben.«

Damien nickte nur zustimmend und sie richteten ihre Aufmerksamkeit auf Sam und Sam, wie beide sich liebevoll nannten. Alleine das ließ Isabelle schmachtend seufzen. Während Damien sich einen Spaß daraus machte, sie regelmäßig anders zu betiteln, brauchten die beiden keine Kosenamen. In der Abkürzung ihres Vornamens steckte so viel gegenseitige Zuneigung, dass es ihr immer wieder eine Gänsehaut bescherte.

»Er hat ihr einen verfickten Song geschenkt.«
Damien ließ den Kopf in seine Hände sinken.

»Na ja, im Grunde genommen ist der Song von *Jamie Lawson* und nicht von Josh.«

»Das macht es nicht besser. *Jamie Lawson* ist ihr Lieblingssänger.«
Er blickte Samantha an, die ihm als Einzige gefolgt war, nachdem er das Wohnzimmer und damit Isabelles Geburtstagsfeier fluchtartig verlassen hatte.
Ein weiterer Monat war bereits vergangen und er fühlte sich prompt wieder an den Anfang zurück katapultiert. Warum war Isabelle jetzt immer noch da drin bei ihren Freunden, statt zu ihm zu stehen?
Samantha lächelte warm und er verstand nicht, warum.

»Mach ihr keine Vorwürfe für etwas, das sie nicht kontrollieren oder verhindern konnte, sonst wird sie ganz schnell wieder dichtmachen.«
Er raufte sich die Haare und fischte nach einer Zigarette in seiner Hosentasche.

»Seit wann rauchst du?«

»Hab vor zwei Jahren aufgehört.«
Samantha hob eine Augenbraue und schaute ihn skeptisch an.

»Und was ist das da?«

»Ich zünde sie nur an und schaue ihr zu, wie sie verbrennt.«

»Aha.«
Damien konnte seine Wut immer noch nicht beiseiteschieben.

Auch wenn er sich Belle zuliebe zusammenreißen sollte.

»Warum zum Teufel macht er denn so was? ›Still yours‹? Noch offensichtlicher konnte er ihr wohl kaum seine Liebe gestehen. Und das, obwohl er weiß, dass da was läuft zwischen uns.«

»Damien, denk doch mal nach. Gerade weil er das weiß, hat er das getan. Joshua spürt auch, dass es mit dir ernst wird.«
Samantha legte ihre Hand auf seinen Arm und versuchte, Damien zu besänftigen. Scheinbar konnte sie ihn verstehen, saß aber definitiv zwischen den Stühlen.
Joshua war auch für sie immer ein guter Freund gewesen, so viel hatte er bereits erfahren. Nicht umsonst war er Pate ihrer Kinder geworden.

»Geh da jetzt wieder rein und sei kein Weichei, Damien. Josh hat zwar einen Teil seiner Erinnerungen verloren, aber sie sind kein Paar mehr und ich finde es nicht in Ordnung, dass er Isa in so eine Situation bringt.«

»Wie soll ich das denn jetzt toppen? Egal, was ich ihr schenke, es wird nicht annähernd so bedeutend sein, wie Joshs verflixte Songeinlage.«
Seine Stimme wechselte von verzweifelt zu angeekelt, als er den Namen seines Rivalen ausspuckte.

»Es ist doch nicht immer alles ein Konkurrenzkampf, Damien. Isabelle ist nicht dumm. Sie weiß, was und wen sie will. Song hin oder her. Die beiden kennen sich fast ihr ganzes Leben. Du wirst es nie schaffen, auf dieser Ebene mit ihm zu konkurrieren, und das brauchst du auch gar nicht. Joshua gehört zu ihrer Vergangenheit.«

Mit Damien hatte sie allerdings auch noch nicht über eine gemeinsame Zukunft gesprochen. Er konnte froh sein, einen zeitlich unbefristeten Platz in ihrer Gegenwart eingenommen zu haben, so wie die Dinge gerade standen.

»Ich bin mir nicht sicher, ob mir das jetzt Mut macht. Wenn ich wenigstens wüsste, warum sie kein Paar mehr sind.«

Ein Seitenblick zu Samantha verriet ihm, dass sie sich unbehaglich wandte.

»Belle schweigt darüber, als wäre es das Staatsgeheimnis Nummer eins und du verrätst mir auch nichts.«

Jetzt folgte ein vorwurfsvoller Blick in ihre Richtung, den sie mit erhobenen Händen abwehrte.

»Ich mische mich da nicht mehr ein, Damien. Sie wird es dir erzählen, wenn sie so weit ist. Das ist ihre Geschichte.«

Samantha richtete sich auf und sah zum Haus hinüber. Damien ließ die Zigarette fallen und trat sie mit seinem Schuh aus.

»Gib mir noch fünf Minuten, okay? Ich komme gleich nach und werde ganz brav sein.«

»Brav sein verlangt niemand von dir, Damien. Manchmal ist es sogar kontraproduktiv, gerade wenn es um Isa geht. Aber gib ihr nicht die Schuld.«

Während er über ihre Worte nachdachte, näherte sich Isabelle. Er wusste es, ohne sich umdrehen zu müssen. Damien spürte ihre Gegenwart stets, bevor er sie sah. Noch etwas, das ihm zuvor mit keiner anderen Frau passiert war.

Samantha warf ihm einen ihrer ›Siehste‹-Blicke über die Schulter zu, bevor sie aus seinem Sichtfeld verschwand.

Tief atmete er durch, bevor er Belle musterte, wie sie verhalten auf ihn zu schlenderte. Unsicherheit bestimmte ihren Blick. Er hatte sich wie ein großes Baby verhalten und es wurde endlich Zeit, seinen Mann zu stehen und sie endgültig zu erobern.

Beim Versuch, sein bestes Lächeln auf sein Gesicht zu zaubern, wurde er wieder einmal von ihrer Schönheit übermannt. Belle war so anbetungswürdig schön, dass es kein Wunder war, dass ihr Ex-Freund sie immer noch wollte. Er selbst war verrückt nach ihr. Wie konnte er irgendeinem männlichen Wesen verübeln, dass es genauso fühlte.

»Warum bist du rausgelaufen?«

Ihre gehauchte Stimme schmeichelte seinen Ohren und ließ ihn erschaudern.

»Ich denke, wir wissen beide, warum ich das getan habe. Aber es tut mir leid. Ich wollte deine Party nicht sprengen.

In deiner Nähe erkenne ich mich selbst manchmal nicht wieder.«

Sie trat noch einen letzten Schritt auf ihn zu.

»Josh hat das nicht so gemeint. Das Lied meine ich. Er ... er wollte mir einfach nur eine Freude machen.«

»Ja sicher.«

Damien schnaubte.

»Du hast mir dein Geschenk noch gar nicht gegeben.«

Sie zog einen süßen Schmollmund, den er direkt küssen wollte, und versuchte, Damien ganz offensichtlich abzulenken. Mit Erfolg. Sein Herzschlag stolperte nur so in seiner Brust und ließ seinen ganzen Körper vibrieren. Während sein Schwanz bei diesem Anblick ebenfalls eifrig Pläne mit diesem Mund schmiedete und entsprechende Bilder in seinen Kopf pflanzte.

»Das bekommst du heute nicht mehr.«

Sie schob ihre Unterlippe, so gut es irgendwie ging, noch weiter vor, was ihn zum Lachen brachte.

»Wie alt bist du geworden? Fünf? Jetzt mach nicht so ein Gesicht. Ich muss das Geschenk noch mal überarbeiten, damit es wenigstens einigermaßen mit der Songeinlage deines Ex-Lovers mithalten kann.«

Sie schnappte wie ein Fisch auf dem Trockenen nach Luft und empörte sich: »Willst du mir gerade erzählen, dass ich kein Geschenk von meinem Freund bekomme, weil du Angst hast, dass es eurem lächerlichen Schwanzvergleich nicht standhält?«

Jetzt war er es, der mit Schnappatmung zu kämpfen hatte. Die Worte Schwanz und lächerlich gemeinsam in einem Satz aus ihrem Mund zu hören, schmerzte fast körperlich.

Was ihn aber tatsächlich aus der Fassung brachte, war die Tatsache, dass Belle ihn gerade erstmalig als ihren Freund betitelt hatte. Er forschte in ihrem Gesicht. Hatte sie es vielleicht einfach nur so dahergesagt, obwohl sie jede Form der Beziehungsbekundung normalerweise mied, wie der Teufel das Weihwasser?

Sie lächelte ihn an und zog ihn ganz zu sich. Tief atmete Damien ihren Duft wie ein Süchtiger ein.

»Ich bin schon furchtbar gespannt, was *mein Freund* sich für mich ausgedacht hat. Lass mich nicht zu lange darauf warten.«

Sein Herzschlag setzte aus. Im nächsten Moment galoppierte Damiens Herz so wild weiter, dass es ihn schwindelte. Diesmal hatte sie es eindeutig so gemeint, wie er es verstehen wollte. Damien nahm ihr Gesicht in seine Hände und legte all die Gefühle, die er ihr so gerne gesagt hätte, in diesen einen Kuss. Gott, wie liebte er diese Frau. Diese sture, leidenschaftliche Frau, die hiermit einen entscheidenden Schritt auf ihn zu gemacht hatte. Ihr Zugeständnis glich einer Liebeserklärung und er fühlte sich in diesem Augenblick wie der glücklichste Mann auf der Welt.

Sie lösten sich schmunzelnd voneinander.

»Jetzt haben es alle gesehen, Damien. Du kannst die Show beenden.«

Er verstand nicht direkt, folgte dann aber ihrem Blick zum Wohnzimmerfenster, vor dem sich die kleine Partygesellschaft schaulustig versammelt hatte.

»Oh nein, Belle, der war nur für dich.«

Leidenschaftlich küsste er sie erneut. Diesmal war der Kuss definitiv eher fürs Schlafzimmer bestimmt, dennoch unterbrach sie ihn nicht und seufzte in seinen Mund.

»Dieser hier war für unsere Fans.«

Isabelle lachte so herzerwärmend, dass er sie am liebsten nicht mehr losgelassen hätte. Sie gleich wieder mit den anderen teilen zu müssen, darauf hatte er keine Lust.

»Bekomme ich wenigstens einen Tipp?«

Sie war so süß, wenn sie so neugierig war. Eigentlich war sein Geschenk perfekt gewesen und vielleicht war jetzt doch der richtige Zeitpunkt, es ihr zu geben, zumindest konnte er sie so noch einen kleinen Moment für sich alleine beanspruchen.

»Wenn du unbedingt möchtest, kann ich es dir auch jetzt schon geben. Entgegen aller Vorurteile scheue ich den Schwanzvergleich keinesfalls.«

»Ehrlich?«

Ihre Augen leuchteten und er zog einen männlich kreativ verpackten Umschlag aus seiner Tasche. Aufgeregt reichte er ihr diesen und sah zu, wie sie ihn hastig öffnete.

Einen Moment lang hatte er den Atem angehalten und hoffte, dass ihr seine Überraschung gefiel. Als Isabelle nichts sagte, fing er langsam an, an der Genialität seiner Idee zu zweifeln. Damien wurde unruhig.

Auch gefühlte fünf Minuten später starrte sie immer noch auf das Stück Papier in ihren Händen. Sein Herz wurde ihm schwer.

»Belle? Sag doch was.«

Damien versuchte, ihren Blick aufzufangen. Als sie ihren Kopf hob, sah er eine einzelne Träne, die sich einen Weg über ihre Wange bahnte.

Oh scheiße.

Erst jetzt bemerkte er, dass sie dabei über das ganze Gesicht strahlte. Im nächsten Moment war sie ihm in die Arme gesprungen, um sich überschwänglich mit einzelnen, kleinen Küssen zu bedanken.

»Ich danke dir, das ist so wunderschön. Ich weiß gar nicht, was ich dazu sagen soll.«

»Wirst du es dir stechen lassen? Es ist ein Unikat, ich habe es selbst gezeichnet.«

»Oh wow, ich wusste nicht, dass du zeichnen kannst.«

»Na ja, mit Hilfe von Photoshop ... und so ... keine große Sache.«

Warum nur machte ihn ihr Lob so verlegen? Er wusste, dass seine Tattoo-Vorlage perfekt zu Isabelle passen würde. Ein angedeuteter Traumfänger, aus dessen halbem Kreis er ein ›D‹ geformt hatte. Das D ging in einen Schriftzug über. Dort stand

›Dare to dream‹ *wage es zu träumen* – und dem Glitzern in Isabelles Augen nach zu urteilen, wusste sie genau, was er damit sagen wollte.

Ihr Gespräch im Garten war ihm einfach nicht aus dem Kopf gegangen. Noch am selben Abend hatte er sich daran gemacht, dieses Design zu entwerfen. Nachdem er Samantha nach ihrem Tätowierer gefragt und alles besprochen hatte, war er so frei gewesen, neben einem Gutschein auch direkt einen Termin für in vier Wochen zu reservieren. Ihrem Wunschtattoo stand nunmehr nichts im Wege.

»Ich werde es mir stechen lassen. Gott, es ist so unfassbar schön. Ich liebe es jetzt schon.«

Sie schaute ihn so glücklich an, dass er es auch war. Isabelle würde sein Tattoo auf der Haut tragen und damit etwas von ihm bis an ihr Lebensende. Das bedeutete ihm so viel, dass er auf der Stelle hätte anfangen können zu weinen, wenn das nicht so furchtbar unmännlich gewesen wäre.

Also riss er sich zusammen, schluckte den Kloß in seiner Kehle herunter und erfreute sich an ihrem Anblick. Hand in Hand gingen sie zurück zu den anderen, während Isabelle seinen eingeschweißten Entwurf gegen ihre Brust presste, als wäre er ein kostbarer Schatz.

Dare to dream. Er wagte es zu träumen, dass das mit Isabelle und ihm eine gemeinsame Zukunft hatte.

Epilog

»Wie lange muss ich noch warten, bis ich dich das nächste Mal fragen kann?«

Damien schlug einen neckenden Tonfall an, während Isabelle sich gerade ausgestreckt auf dem Bett rekelte. Ihr Kopf fühlte sich so wunderbar leer gefegt an. Oder eher leer gefickt? Sie kicherte über ihre eigenen Gedanken, die dank des postkoitalen Hochgefühls äußerst albern ausfielen.

»Was ist so witzig daran?«

Damien musterte sie neugierig. Ach ja, er hatte irgendetwas fragen wollen.

»Was willst du denn fragen? Seit wann fragt man, wann man etwas fragen kann? Wenn es nicht gerade DIE Frage ist.«

Kurz stockte sie und schaute erschrocken zu Damien herüber.

»Es ist doch nicht DIE Frage, von der wir hier sprechen, oder?«

Damien presste die Lippen aufeinander, um nicht zu lachen. Die Belustigung in seinen Augen war aber unübersehbar.

»Mein Gott, das muss ja eine furchtbare Vorstellung für dich sein. Du wirst kreidebleich, Belle.«

Seine Bemühungen waren umsonst, denn nun konnte er das dröhnende Lachen nicht mehr aufhalten, das sich einen Weg über seine Lippen bahnte.

»Das ist nicht witzig. Überhaupt nicht witzig«, maulte sie und fuchtelte mit dem Zeigefinger vor seinem Gesicht herum.

Bei diesem Teufel musste sie höllisch aufpassen. Er bescherte ihr die besten Orgasmen ihres Lebens. Immer wenn ihr Gehirn noch im absoluten Leerlauf verweilte, kam er mit irgendwelchen wichtigen Themen um die Ecke. Man könnte ihm glatt unterstellen, dass er das absichtlich tat. Isabelle lugte abermals zu Damien herüber, der sie schon wieder hungrig abscannte.

Unfassbar.

»Also, was genau willst du nun fragen?«

Sie konnte sich nicht ganz entspannen, versuchte aber, relaxed zu wirken.

»Du hast gesagt, ich soll dich später noch mal fragen. Also, wann genau ist später?«

»Ach das.«

Jetzt ließ sie die Schultern nach unten sacken, ihr Kopf schrie ›Entwarnung‹, das Herz war allerdings noch in Habtachtstellung. Er rückte ein Stück näher und zog träge Kreise mit seinem Zeigefinger auf ihrem Bauch.

»Was meinst du? Du, ich und dieses schnuckelige kleine Haus mit weißem Gartenzaun.«

Damien hatte sie vor einiger Zeit schon gefragt, ob sie nicht zu ihm ziehen wolle, aber für sie war das irgendwie alles noch viel zu früh. Zu zerbrechlich und überhaupt ... Sie kannten sich nun ein halbes Jahr und es hat lange genug gedauert, bis Isabelle sich ihre Gefühle für ihn eingestanden hatte. Aber zusammenziehen? Das war ein riesengroßer Schritt, der sie nicht nur ihre emotionale Unabhängigkeit kosten würde, sondern auch ihre räumliche.

»Ich weiß nicht, das Haus läuft uns ja nicht weg. Es ist doch gut, so wie es ist und ... ich will Sammy und die Kinder auch nicht einfach so alleine lassen. Samantha braucht mich hier.«

Entschuldigend lächelte sie ihn an und wurde ein wenig unruhig. Mit einer Hand versuchte sie, das Laken zu befreien und über ihre Brüste zu ziehen. Solche Gespräche sollte man nicht nackt führen. Isabelle hatte sowieso schon das Gefühl, dass er viel zu viel sah und in sie hineinschauen konnte.

»Ich habe schon mit Samantha gesprochen. Für sie ist es in Ordnung. Außerdem ist sie jetzt nicht mehr allein. Ich überlasse ihr sehr gerne meinen Bruder, mittlerweile schreibt er ja sogar in ihrem Arbeitszimmer und verbringt mehr Zeit in ihrem Bett, als in seinem eigenen.«

Isabelle schnaubte.

»Super, dass ihr beide euch schon einig geworden seid. Habt ihr auch schon beschlossen, wann ich die Pille absetzen soll?«

Mit einem Ruck zog sie das Laken unter Damiens nacktem Körper hervor und bedeckte sie beide damit. Das war einfach zu viel Ablenkung, wenn sein zugegebenermaßen perfekter Körper ausgestreckt vor ihr lag. Sie war schließlich auch nur eine Frau, mit funktionstüchtigen Augen.

Damien stieg auf ihren Vorwurf nicht ein und lächelte sie stattdessen sanft an. Die Stille zerrte an ihren Nerven. Warum sagte er denn nichts dazu? Immer nur dieser Blick, der sie durchdrang und in ihren Kopf kriechen wollte.

»Denkst du über Kinder nach, Belle?«

Ihr versagte der Atem.

»Stopp. Wir haben gerade noch über das Zusammenziehen verhandelt. Von Heiraten und Kinderkriegen war noch nicht die Rede. Das … geht alles viel zu schnell. Wie kannst du dir jetzt schon so sicher sein? Ich meine …«

Isabelle wurde leicht panisch, was Damien dazu veranlasste, sie in seine Arme zu ziehen und so lange fest zu drücken, bis sich ihr Herzschlag wieder einigermaßen normalisiert hatte. Damien handelte instinktiv, ignorierte ihren halbherzigen Protest gekonnt und wusste einfach genau, wie er sich ihr gegenüber zu verhalten hatte, damit sie nicht in hysterische Schimpftiraden ausbrach. Das war erschreckend, aber auch schön.

»So war das nicht gemeint, Belle. Meine Frage war eher allgemein gedacht. Ob du irgendwann Kinder haben möchtest. Wir haben noch nie darüber gesprochen und du hast mir gerade eine Steilvorlage geboten. Okay, vielleicht wollte ich dich auch ein bisschen foppen, aber ich weiß, dass es dafür noch zu früh ist. Obwohl ich mir sicher bin, dass ich nie wieder ohne dich sein möchte.«

Er löste sich leicht von ihr und blickte ihr bestimmt in die Augen. Sie sah nichts anderes als pure Entschlossenheit und Liebe.

»Es ist nicht so, dass ich mir das alles nicht vorstellen kann, mit dir, aber ... ich war schon einmal an diesem Punkt. Damals dachte ich auch, dass es ein ›für immer‹ wird. Verstehst du?«

Damien umfasste ihr rechtes Handgelenk und drückte ihr einen zärtlichen Kuss auf das Tattoo. Sie starrte auf den Traumfänger und den Schriftzug ›Dare to dream‹, den er für sie entworfen hatte. Eine Träne wollte sich aus ihrem Augenwinkel lösen. Damien küsste sie weg, bevor sie sich ihren Weg über das Gesicht bahnen konnte.

»Weißt du noch? Wage es zu träumen, Belle. Ich bin hier und ich werde nicht wieder verschwinden, weil ich dich liebe. Ich weiß nicht, was er dir angetan hat, aber ich bin nicht wie er.«

Das wusste sie und trotzdem gab es Dinge, die man nun einmal nicht beeinflussen konnte. Manchmal wurden die Menschen, die man liebte, verletzt, ohne dass es böse Absicht gewesen wäre.

»Es ist nicht seine Schuld.«

Sie vermieden es, die meiste Zeit Joshuas Namen auszusprechen. Damien tat es nicht und sie respektierte das.

Isabelle wollte nicht, dass dieses Thema immer zwischen ihnen stand. Damien musste Joshua als ihren

Freund akzeptieren und ihr in dieser Sache einfach vertrauen. Sie verspürte den Drang, diesem Gespräch wieder einmal aus dem Weg zu gehen und flüchtete aus dem Bett.

»Ich brauche jetzt unbedingt etwas zu trinken.« Sie warf sich rasch ein paar Sachen über, die vor ihr auf dem Boden gelegen hatten, und lief die Treppen herunter. Dabei wäre sie fast über Russel gestolpert, der wie aus dem nichts vor ihr thronte.

»Belle!« Damien war ihr in Boxershorts und Shirt bekleidet gefolgt und holte sie am Ende der Treppe ein.

»Warum kannst du mir nicht erzählen, was zwischen euch vorgefallen ist? Wie soll ich dich oder euer Verhältnis verstehen können, wenn du mir einfach nichts sagst?« Er versuchte, nicht vorwurfsvoll zu klingen, sie konnte den Frust aber überdeutlich heraushören. Isabelle trat einen Schritt auf Damien zu und berührte seine Brust, die sich aufgeregt hob und senkte.

»Liebst du ihn immer noch? Ist das der Grund, warum du nicht mit mir zusammenziehen willst?« Sein flehentlicher Ton brach ihr fast das Herz. Konnte er denn nicht sehen, wie sehr sie ihn liebte? Dass ihr Herz mittlerweile alleine ihm gehörte?

»Damien ... ich ... ich liebe *dich*. Joshua ist ein Teil meiner Vergangenheit und ich hoffe sehr, dass wir auch eine gemeinsame Zukunft haben werden. Als Freunde.«

Damien wandte seinen Kopf ab. Sie hatte gedacht, dass er erleichtert reagieren würde, aber die Enttäuschung darüber, dass er immer noch nicht wusste, was der Trennungsgrund war, überwog augenscheinlich.

»Wie oft müssen wir diese Diskussion noch führen? Meine Gefühle für Josh sind vollkommen platonischer Natur. Er ist Familie für mich und das wird er auch immer bleiben. Es ist kompliziert, aber ich kann und will ihn nicht komplett aus meinem Leben streichen. Verstehe das doch bitte.«

»Warum kannst du es mir nicht sagen? Ich will es doch nur kapieren, aber keiner hier will mir die Wahrheit erzählen.«

Damien hatte sich Isabelle wieder zugewandt und schaute ihr nun eindringlich in die Augen.

»Du siehst nicht, wie er dich anschaut. Ganz ehrlich ... dieses Vertraute zwischen euch ..., das macht mich ganz wahnsinnig.«

Isabelle kapitulierte und ließ die Schultern hängen.

»Herrgott, wenn du es unbedingt wissen willst. Er ist ... oder war zumindest ... damals da ... hat er sich in einen Mann verliebt.«

Jetzt war es raus. Bisher hatte sie es nur ein einziges Mal vor fast zweieinhalb Jahren laut ausgesprochen. Als die Welt, wie sie sie gekannt hatte, auf ewig zusammengebrochen war und Isabelle sich Samantha anvertraut hatte. Dieses Mal fiel es ihr nicht ganz so schwer, trotzdem blieb ein bitterer Nachgeschmack, da sie diese Unterhaltung zuerst mit Joshua hätte führen müssen. Damien erholte sich von seinem Schock und zog sie versöhnlich in seine Arme.

»Dann ist er also schwul?«

»Ich weiß es nicht. Vermutlich eher bi. Damals hat er mir gestanden, dass er Gefühle für einen Mann hat, wir haben das Thema nicht wirklich vertieft. Ich habe mich so furchtbar unzulänglich gefühlt. Auch wenn er mir geschworen hat, dass er mich trotzdem liebt. Ich war egoistisch und wollte, dass es für ihn nur mich gibt. Sein Geständnis hat mich vollkommen aus der Bahn geworfen.«

Ein lauter Knall ließ sie zusammenfahren. Isabelle starrte zur Haustür und eine böse Vorahnung ergriff sie. Als sie zum Küchenfenster lief und Joshua erblickte, der wie ein gehetztes Tier aus ihrer Einfahrt rannte, nahm die Vorahnung Gewissheit an.

»Scheiße!«

Samantha kam um die Ecke gebogen und blickte verwirrt von einem zum anderen.

»Was ist passiert? Wo ist Joshua hin, er wollte die Kleinen abholen?«

Isabelle blinzelte ihrer Freundin aus feuchten Augen entgegen. Damien war direkt wieder an ihrer Seite, um sie aufzufangen. Sie fand Trost in seinen Armen und die Gewissheit, dass das letzte Stückchen Mauer, das immer noch zwischen ihnen gestanden hatte, nun zerbröckelt war.

Tränen liefen unaufhörlich über ihre Wangen und tränkten sein Shirt mit salziger Flüssigkeit. Dafür hatte sie nun eine neue Mauer geschaffen und ihren besten Freund verletzt.

»Er weiß es. Verdammt, so hätte er es nicht erfahren sollen.«

Aiden!
Neben all den anderen Erinnerungen, die mit einem Schlag sein Gehirn fluteten und hoffnungslos überlasteten, war da immer wieder dieser eine Name. Aiden.
In dem Versuch, den Druck ein wenig zu mildern, kniff Joshua die Augen zusammen und presste seine Finger an die Schläfen. Es war alles zurück. Mit einem Mal waren all seine Erinnerungen wieder da. Bilder tauchten vor seinem inneren Auge auf. Isabelle mit tränenüberströmtem Gesicht. Sein hilfloses Vorhaben, sie aufzuhalten. Auch das Gefühl, das ihn danach gepackt hatte, war wieder da. Und das mit einer Intensität, als wäre ihr Gespräch nicht bereits über zwei Jahre her.
Er fühlte sich, als hätte sie ihn gerade erneut verlassen. Genau wie damals wünschte er sich, man hätte ihm lieber ein Körperteil amputiert, statt diesen unsäglichen Schmerz zu spüren, den er genauso in Isabelles Blick gesehen hatte.

In dem Bemühen, alles richtig zu machen, hatte er ihr das Herz gebrochen.

Aiden.

Erneut vernahm er einen nicht weniger intensiven Stich in seinem Inneren. Sein Magen drohte überzulaufen und er sprang schnell auf die Füße, nur um im letzten Moment noch die Toilette erreichen zu können. Braune Augen stahlen sich in seine Gedanken und mit einem würgenden Laut übergab er sich. Alles in ihm wollte nach draußen.

Als sein Magen aufgehört hatte zu krampfen, war ihm, als sei sein Inneres komplett nach außen gekehrt worden. Eine unnachgiebige Faust legte sich um sein Herz und zerrte daran.

Warum? Und warum jetzt? Joshua war sich nicht sicher, ob seine wiederkehrenden Erinnerungen ein Fluch oder ein Segen waren, denn sie hinterließen ein taubes Gefühl in ihm und warfen unzählige Fragen auf, die sein Hirn zu sprengen drohten. Das war alles zu viel. Er sank mit dem Rücken an der Wand zu Boden und verschränkte seinen Kopf in den Armen, die auf seinen Knien abgestützt waren.

Nachdem er Isabelle und Damien unfreiwillig belauscht hatte, war er panikartig in seine Wohnung geflohen. All die Empfindungen und Gedanken, die gleichzeitig auf ihn eingeprasselt waren, drohten ihn darunter zu begraben. Er konnte das alles noch nicht mit sich und seinem Leben in Einklang bringen. *Fuck!*

Vielleicht war er in einem beschissenen Albtraum gefangen, aus dem er nur wieder aufwachen musste und alles wäre gut. Isa wäre immer noch seine beste Freundin. Irgendwann würde er sich daran gewöhnen, dass sie mit Damien zusammen war und er sie, zumindest zum Teil, verloren hatte. Aber das.

Er schüttelte den Kopf und brachte trotzdem keine Ordnung zustande. Verzweifelt raufte er sich die Haare, zog an ihnen und der daraufhin folgende Schmerz lenkte ein wenig von dem Chaos ab.

Es klopfte und klingelte an der Haustür. Er konnte Isabelles aufgebrachte Stimme hören, fühlte sich aber außerstande, ihr in seinem Zustand unter die Augen zu treten.

Scham überkam ihn. Immer wieder hatte sie beteuert, dass er sich irgendwann wieder erinnern würde und seine Gefühle für sie dann nicht mehr dieselben wären. Wie oft hatte er krampfhaft versucht, sich zu erinnern, auf die neuesten Erkenntnisse wäre er allerdings niemals gekommen.

Die Ärzte beschworen ihn, sich selbst Zeit zu geben. Ein traumatisches Erlebnis, so vermuteten sie, sei der Auslöser für seine Blockade.

Der Unfall.

Joshua verdrängte die Erinnerung an diesen Abend. Tränen brannten ein Loch in sein Herz.

Er hatte Isabelle so sehr verletzt mit seinem Geständnis. Dabei hatte er nur ehrlich sein und Klarheit schaffen wollen. Joshua beichtete Isabelle seine Gefühle für einen Mann, die er selbst noch in keine Schublade hatte packen können.

Sie war seine engste Vertraute, Seelenverwandte und Freundin. Er hatte es ihr einfach sagen müssen. Im selben Moment versicherte er ihr, dass er sie immer noch liebte und mit ihr zusammen sein wollte. Es war die Wahrheit gewesen.

Der Augenblick, in dem etwas in ihr zerbrach, war deutlich in ihren Augen zu lesen. Sie weinte die bittersten Tränen, die er je gesehen hatte, und das, was sie daraufhin gesagt hatte, zerriss auch sein Herz in unzählige Stücke. Vor allem, weil er ihr nicht widersprechen konnte, auch wenn er sich nichts sehnlicher gewünscht hatte.

»Ich werde dir nie ganz reichen, Josh. Ein Teil von dir wird ihn wollen und damit kann ich nicht umgehen.«

Mit diesen Worten hatte sie sich seiner Umarmung entzogen und war aus ihrer gemeinsamen Wohnung und aus seinem Leben verschwunden.

Es hämmerte erneut gegen die Tür. Diesmal energischer.

»Josh, mach die Tür auf. Lass uns darüber reden. Josh, bitte! Ich wollte nicht, dass du es so erfährst.«

Er biss sich in die Faust und unterdrückte ein Schluchzen, das seinen gesamten Körper beben ließ. Das war alles zu viel. Der Schmerz. Die Sehnsucht. Es drohte ihn zu verschlingen und er konnte nichts dagegen tun.

Irgendwann war es still geworden. Jegliches Zeitgefühl hatte ihn verlassen. Was spielte es für eine Rolle, wie lange er bereits auf dem Badezimmerboden kauerte? Vielleicht waren es Stunden, vielleicht auch Tage.
Was war schon Zeit, wenn sein ganzes Leben gerade neu geschrieben wurde.

E n d e

Demnächst erhältlich…

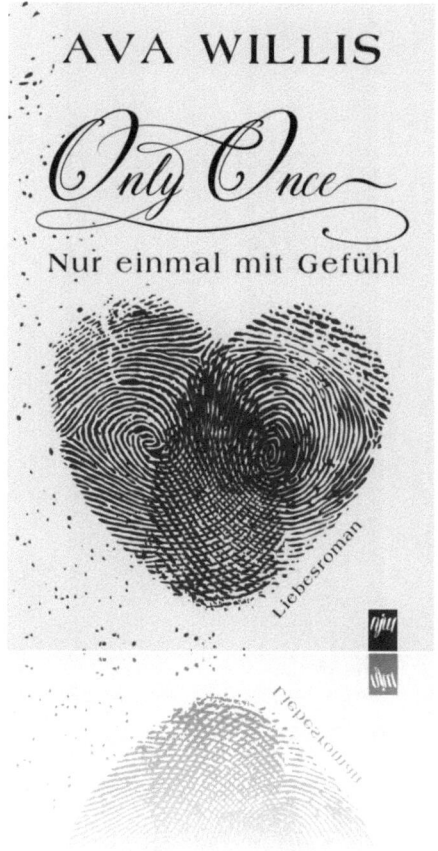